Fernando Ferreira

SUPERA-TE!
Ensinamentos da Montanha para a TUA VIDA

MOUNTAINLOVER

Supera-te!
Ensinamentos da Montanha para a Tua Vida

Autor: Fernando Ferreira

Foto de capa e da contracapa: Fernando Ferreira
Fotografia do autor na capa: Rui Romão
Design da capa: Augusto Silva

2ª edição: outubro de 2023
ISBN: 9798507263240
Copyright © 2021 Fernando Ferreira

DEDICATÓRIA

Aprendi a sentir a Tua Presença na chuva que molha o meu rosto, na neve que pinta de branco as Montanhas que eu tanto amo, no vento que abana as folhas das árvores de que tanto gosto...

Mãe, estás e estarás sempre comigo!

Para a minha Mãe.

Dedico este livro à minha companheira Susana, ao meu filho Tiago, à minha filha Margarida e à minha Mãe.

ÍNDICE

AGRADECIMENTOS

Escrever um livro é um processo introspetivo, é uma viagem para dentro de nós.

É uma "caminhada" solitária e interior, no entanto, trazê-lo à "luz do dia" só foi possível graças à ajuda de outras pessoas, por isso, em primeiro lugar e de forma especial, quero agradecer à minha companheira Susana, sempre disposta a ajudar-me em TUDO.

Ao meu filho Tiago, que com o seu amor, me desafia todos os dias a Ser mais e melhor.

Ao meu amigo Fernando Garrido, *"tocayo"* como carinhosamente nos tratamos, um montanheiro de excelência e um homem de uma integridade excecional. Que dizer de uma pessoa que desde 1986 detêm o recorde de permanência em altitude, 62 dias seguidos, sozinho no cume do Aconcágua a (6959 metros de altura)?

De um homem que foi a primeira pessoa no Mundo a escalar sozinho, no inverno e sem oxigénio, uma montanha de mais de 8000 metros, o Cho Oyu com 8201 metros de altitude, em 1988.

Que em 1989/1990, atravessou toda a cordilheira dos Himalaias a pé, durante 10 meses e ao longo de 5000 km?

O seu prefácio emocionou-me muito, só as pessoas verdadeiramente grandes conseguem ser tão humildes e sinceras.

Sinto-me honrado por ser teu amigo

Ao beta reader Sandro Ferreira, "velho" amigo e companheiro de acesas discussões académicas, com quem partilho também boas e antigas paixões musicais.

À minha amiga Isabel Castro, beta reader de excelência, que com o seu olhar atento e clínico, passou a "pente fino" este livro.

Ao César Ferreira, que com a sua amabilidade, profissionalismo e incentivo, foi orientando a minha escrita.

Agradeço ainda a todas as pessoas e circunstâncias que se cruzaram no meu caminho, sem elas, eu não seria o que sou hoje.

PRIMEIRO PREFÁCIO

La palabra española "tocayo" es cuando dos personas se llaman igual. Tal vez sería como "homónimo" (¿) en portugués. Fernando es mi tocayo portugués, pero sobre todo mi amigo. Hemos hecho mucha montaña juntos en ese mundo de "Las Grandes Alturas" a mas de 7.000 metros y siempre hemos coincidido en la idea que tenemos del montañismo en general y de las expediciones en concreto. En resumen: le damos mas importancia al aspecto emocional y sentimental que al físico en si.

Me hizo mucha ilusión cuando me propuso escribir el prólogo de su libro. Un libro diferente que me ha impresionado. Yo esperaba un típico libro de sus grandes hazañas alpinísticas, pero no. No es eso. Fernando toca en su libro las sensaciones, la lucha con uno mismo (no con la montaña...), la capacidad de superación, las ilusiones y las derrotas.

La montaña es el "terreno de juego" para "jugar" a superarnos a nosotros mismos. Cada uno "juega" a lo que quiera en ese escenario lleno de obstáculos que hay que intentar superar. Si nos hemos superado (independientemente de si hemos logrado el objetivo o no...) la sensación posterior de satisfacción es muy placentera y nos llena de energía.

Fernando describe en el libro sus pensamientos y emociones en sus numerosas expediciones y ascensiones por todo el mundo. La lucha interior que hay dentro de cada montañero de seguir o darse la vuelta, de tomar decisiones (a veces muy duras), la convivencia en un grupo expedicionario, el liderazgo, etc. No hay que dejar de leer ni una frase pues cada palabra es importante.

Hay una historia que cuenta en su narración que describe bien la forma de ser altruista de Fernando: En los volcanes **de Ecuador,** concretamente en el Chimborazo (6.263 m.) prefirió ayudar a otro alpinista desconocido que seguir hacia la cumbre. Eso dice mucho de una persona...Recuerdo otra vez que estábamos a mas de 7.000 metros de altura en el Muztag Ata (7.554 m.) en China y se quitó los guantes (manoplas) para ayudar a un compañero a ajustar los crampones a las botas a muchos grados bajo cero y aún de noche. Le solucionó el problema al compañero pero a el se le congelaron las manos...Al final no le tuvieron que cortar nada pero se le cayeron las uñas y pasó mucho tiempo hasta que se recuperó.

Esa filosofía "Minimalista" (hacer grandes cosas con pocas cosas...) que tanto nos une la aplica también a su vida particular. Todas estas ideas ecológicas tan importantes en nuestro mundo moderno e hiperconsumista las utiliza en sus expediciones y las realiza en su día a día.

Me volveré a leer el libro para descubrir mas detalles y profundizar en las ideas. Ojalá sirva a mucha gente (no solo a montañeros...) para superarse y para aprender a luchar por sus objetivos (aunque a veces no se logren...). SOLO INTENTARLO MERECE LA PENA.

Jaca a 12 de mayo de 2021

Fernando Garrido

Montanhista, Guia de Montanha e Aventureiro

PRIMEIRO PREFÁCIO (TRADUZIDO)

A palavra espanhola *"tocayo"* é utilizada quando duas pessoas têm o mesmo nome. Quer dizer homónimo em português. O Fernando é o meu homónimo português, mas é sobretudo meu amigo. Fizemos muita montanha juntos, nesse mundo das "Grandes Alturas" a mais de 7000 metros, e sempre coincidimos na ideia que temos do Montanhismo em geral e das expedições em particular. Resumindo: damos mais importância ao aspeto emocional e sentimental do que ao aspeto físico em si.

Fiquei com muita ilusão quando me propôs escrever o prólogo do seu livro. Um livro diferente, que me impressionou.

Eu esperava um típico livro das suas grandes façanhas alpinistas, mas não. Não é isso.

Fernando toca no seu livro as sensações, a luta connosco próprios (não com a montanha...), a capacidade de superação, as ilusões e as derrotas.

A montanha é o "terreno de jogo" para nos superarmos a nós mesmos.

Cada um "joga" como quiser, nesse cenário cheio de obstáculos que há que tentar superar.

Se nos superarmos (independentemente de termos logrado o objetivo ou não...) a sensação posterior de satisfação é muito prazenteira e enche-nos de energia.

O Fernando descreve no seu livro, os seus pensamentos e emoções nas suas numerosas expedições e ascensões por todo o mundo.

13

A luta interior que há dentro de cada montanheiro, de seguir ou dar a volta, de tomar decisões (às vezes muito duras), a convivência num grupo expedicionário, a liderança, etc.

Não podemos deixar de ler nem uma frase, pois cada palavra é importante.

Há uma história que conta na sua narração, que descreve bem a forma de ser altruísta do Fernando: Nos vulcões do Equador, concretamente no Chimborazo (6263 m), onde preferiu ajudar outro alpinista desconhecido, do que seguir para o cume.

Isso diz muito de uma pessoa...

Recordo uma outra vez em que estávamos a mais de 7000 metros de altura no Muztag-Ata (7554 m), na China, e tirou as luvas grossas (as manoplas), para ajudar um companheiro a ajustar os *crampons* das suas botas, a muitos graus abaixo de zero e ainda de noite! Solucionou o problema ao companheiro, mas ele ficou com as mãos congeladas...

No final não tiveram que lhe cortar nada, mas as unhas caíram-lhe e passou muito tempo até estar completamente recuperado.

Esta filosofia "Minimalista" (fazer grandes coisas, com poucas coisas...), que tanto nos une, aplica-a também à sua vida particular.

Todas estas ideias ecológicas, tão importantes no nosso Mundo moderno e Hiper consumista, utiliza-as nas suas expedições e realiza-as no seu dia a dia.

Voltarei a ler o livro, para descobrir mais detalhes e aprofundar as suas ideias.

Oxalá sirva a muita gente (não só a montanhistas...) para superarem-se e aprenderem a lutar pelos seus objetivos (embora às vezes não se atinjam...).

SÓ TENTAR JÁ MERECE A PENA.

Jaca 12 de maio de 2021

Fernando Garrido

Montanhista, Guia de Montanha e Aventureiro

Deixa que o Teu coração
Te "empurre" suavemente
No caminho dos Teus Sonhos

MOUNTAINLOVER

INTRODUÇÃO

Este não é um livro sobre vitórias ou sobre derrotas, acerca de sucessos ou de fracassos, é um livro sobre mim e sobre os caminhos que tenho percorrido, tendo sempre como pano de fundo as Montanhas que tanto amo.

Eu não acredito que alguém possa conquistar uma montanha, nem acredito que exista algo a conquistar fora de nós, mas sei por experiência própria, que é dentro de nós que as grandes conquistas podem acontecer, e as montanhas, as montanhas da minha vida, têm-me ajudado muito nessas conquistas.

Todos temos um caminho a percorrer. O caminho para dentro de nós próprios.

Este livro aborda o caminho que eu tenho feito, que eu tenho percorrido ao longo de toda a minha vida, em busca da minha verdadeira natureza.

É sobre esse caminho que eu quis escrever, das coisas que vi, das coisas que eu senti, das coisas que eu vivi.

Não temos que andar a lutar contra nada nem contra ninguém, e muito menos contra nós próprios.

Temos apenas de ser meros caminhantes, de saber apreciar a cada passo a beleza do próprio caminho, sabendo que a melhor maneira de o percorrer é com leveza, com satisfação e com prazer.

ESPERO QUE GOSTEM DESTE LIVRO, QUE DESFRUTEM DA SUA LEITURA E QUE ELE VOS POSSA AJUDAR A SUBIREM AS "MONTANHAS" DO VOSSO DIA A DIA, DA VOSSA VIDA.

COM AMIZADE

Pico Lenin (7134 m)) – Quirguistão - 2009

ATREVE-TE A SONHAR

Às vezes, tanto na montanha como na vida, aquilo que desejamos não está logo ali à nossa frente, à mão de semear, é preciso acreditar que ele está lá, que o cume está lá para ti, à tua espera, embora não o vejas, ele está lá, acredita e não pares, segue em frente com fé, sabendo que vai haver um momento em que vais deixar de subir, em que não vai ser preciso esforçares-te tanto, em que a tua respiração ofegante vai abrandar, o teu coração vai deixar de querer sair pela boca, as tuas pernas vão doer um pouco menos, e então, os teus olhos vão abarcar toda a imensidão que te rodeia, e terás para ti todo o silêncio do mundo, aí saberás que chegaste ao cume.

Mais um pouco, só mais um pouco. Mais um passo, outro, mais outro, e ... parei de subir, cheguei! Cheguei ao CUME!

Todas as Aventuras começam com um Sonho!

E o que é a Vida senão uma bela e longa Aventura?

Ao fim de tantos anos a calcorrear montanhas pelo Mundo fora, aprendi que a primeira coisa a fazer para se alcançar o cume de qualquer Montanha, é sonhar que o posso fazer!

E isto independentemente da sua altitude, da sua perigosidade, ou do lugar recôndito onde ela se possa encontrar.

O Sonho é a semente que origina os mais belos frutos da tua Vida. SEMPRE.

É a forma mais fácil de te unires ao Infinito, onde tudo é possível e onde só podes chegar através da Tua imaginação, da Tua capacidade de Sonhar.

Sonhar é a maneira de trazeres o impossível para o Reino da Realidade, da Tua Realidade.

Sonhar e Agir, sempre por esta ordem.

Se olhares bem à tua volta, tudo o que vês resulta do sonho de alguém.

As coisas mais simples, desde a caneta com que escrevo, a chávena onde todas as manhãs bebo o meu café, até às coisas mais complexas como o motor de um carro ou uma Nave Espacial, só existem porque alguém sonhou com elas, muito antes de as trazer à luz.

Eu sempre fui um Sonhador!

Quando era miúdo, andava sempre com ideias, a "engendrar" coisas, ou era com o castelo em madeira para brincar com os soldadinhos, ou com os equipamentos para a equipa de futebol lá da rua, ou com a casinha de madeira para o grupo de exploradores do meu bairro, e até sonhei com a possibilidade de ser a 1ª pessoa a ir a Marte, esse planeta distante que povoava a nossa imaginação!

Enfim, sonhos e projetos nunca me faltavam!

E esta tendência continuou pela minha juventude, sonhei em fazer um Grupo Ecológico que plantasse árvores na minha Terra e assim foi, sonhei com as minhas primeiras aventuras e elas aconteceram um pouco por todo o mundo, dos Andes à Lapónia, dos Pirenéus ao Cáucaso, dos Alpes aos Himalaias, sonhei construir com as minhas mãos uma casa numa quintinha com muitas árvores, e hoje vivo num sítio assim, sonhei em mudar o Mundo, e, bom... descobri que embora isso seja um pouco mais difícil, tenho feito a minha parte, mudando-me a mim mesmo para a melhor versão que conseguir Ser, pois só assim conseguirei fazer o que quero fazer para continuar a perseguir os meus Sonhos.

É que eu ainda não parei de Sonhar, de continuar a explorar na minha imaginação a possibilidade de realizar Travessias mirabolantes, de subir a mais montanhas, de conhecer outros países e culturas, de Ajudar mais, de Ser mais.

Ao contrário do que alguns pensam e dizem, nunca se é velho para Sonhar.

Sonhar é a maneira mais forte de te sentires Vivo, de ires acrescentando dias felizes à tua vida.

Dias com sentido, dias com propósito, dias preenchidos com o teu entusiasmo e a tua alegria de viver.

Deixa então que assim seja, percebe que a nossa passagem aqui pela Terra é para ser vivida da melhor forma que pudermos, sem medo do ridículo, do que os outros pensam, de não sermos capazes disto ou daquilo.

SONHA, sem medos, sem barreiras, sem limites, de forma ousada e decidida, pois sonhar é a forma mais fácil de seres livre!

Todos temos sonhos por realizar, alguns já vêm desde criança, a altura da nossa vida em que sonhar é fácil e Natural.

Muztag-Ata (7554 m) – China - 2007

Mas a criança que todos temos dentro de nós continua a sonhar e se calhar é por isso que às vezes acordo a meio da noite, angustiado, incomodado e quando procuro descobrir a causa desta inquietação, descubro que na sua raiz está um sonho, uma ideia, à qual não estou a dar a devida atenção, que não estou a acarinhar da melhor maneira.

São os meus Sonhos a pedirem para serem resgatados, a pedirem-me para os alimentar com o meu entusiasmo, com a minha energia, com o meu Amor.

Eles sabem que só os seguindo, posso respeitar a minha Natureza, a minha autenticidade, ou seja, só assim posso ser Feliz.

De cada vez que sonho, estou a dar a mim próprio a possibilidade de me expandir, de me melhorar, de me reencontrar com o melhor de MIM.

Temos de cuidar mais dos nossos Sonhos.

É como colocar uma pequena semente na terra, vais cuidando dela, eliminando as ervas "daninhas" ao seu redor (os pensamentos negativos, as más influências), tens a paciência necessária para esperar que a semente faça o seu trabalho invisível debaixo da terra, e um belo dia, quando vais visitar a tua semente para lhe acrescentares mais alguns cuidados, dás de caras com um pequeno rebento, que determinadamente luta por romper a terra que o protegeu e alimentou, luta por encontrar o seu lugar ao Sol!

É esta a magia da vida, protege sempre os mais audazes, os que nunca se rendem!

Ando por aí e observo as pessoas ao meu redor, ouço as suas conversas, vejo as suas expressões sombrias e cansadas, e sinto-as muito conformadas com as vidas que têm, acho que a maioria das pessoas deixou de sonhar, ou melhor, deixou de acreditar nos seus Sonhos.

E aqui pode residir um problema, pois se nós não permitirmos que o Sonho devore a Nossa Vida, acabará por ser a Nossa Vida a devorar os nossos Sonhos!

Nunca confundas os Teus Sonhos com meros desejos de circunstância, com caprichos a preço de saldo, ou com sonhos tipo low-cost...

Sonha em Grande, porque os Sonhos têm que ser suficientemente grandes para que tu e a Tua Vida possam caber dentro deles.

Tenho vários cães, fiéis companheiros de "jornada", e por vezes quando estou a observá-los, vejo-os a sonhar, sim é verdade os outros animais também sonham, estão com um leve sorriso no focinho, talvez a recordarem o belo osso que receberam pelo Natal e a desejarem que não falte muito tempo para voltarem a saborear tão deliciosa iguaria.

Fico a pensar que todos os Sonhos devem merecer uma oportunidade da nossa parte, sem medo de falhar, até porque às vezes, é quando tu "trabalhas" na concretização de um Sonho que se abrem portas para a realização de outro ainda maior.

O Sonho tem esta magia, a magia de poder dar outro sentido, outro propósito à tua vida, de te fazer levantar bem cedo da cama, para realizares os teus desejos, para te realizares a ti próprio.

Sonha, sonha como se não houvesse amanhã, de forma leve e genuína, deixa, permite, que sejam eles a bússola que norteia a Tua Vida!

Eles conhecem o caminho, eles sabem quem tu és e onde queres chegar, e nunca, nunca te esqueças que eles são a tua ligação ao Infinito.

Os Sonhos são teus, só teus, são pessoais e intransmissíveis, não têm de agradar a mais ninguém, não têm de fazer sentido para qualquer outra pessoa, são apenas teus, por isso és Tu que tens de os honrar, que tens de os trazer à luz, que tens de os respeitar e lhes dar forma.

Se as heranças dependem do teu trabalho, os legados pertencem apenas a quem tem coragem para Sonhar, para Sonhar e para sair porta fora em busca da concretização dos seus Sonhos!

Só é Grande quem Sonha em Grande!

Nunca percas o Teu Sonho de Vista, nunca, acarinha-o, acalenta-o, deixa-o crescer, alimenta-o com o teu entusiasmo, com a Tua energia, com a tua determinação, e vais ver que a partir de uma certa altura, é o Teu Sonho que te vai perseguir a Ti, transformando-se na Tua própria VIDA!

Acredita no que te digo, antes de pisar com as minhas botas toscas o cume de qualquer Montanha, cheguei lá muitas vezes através dos meus sonhos, da minha ilusão, imaginando o frio, o vento ou a neve que iriam "afagar" o meu rosto, imaginando a grandiosidade da paisagem que iria estar aos meus pés!

Acredita em mim!

**Protege os teus sonhos
Alimenta-os com as Tuas ações
E transforma-os na tua própria vida!**

MOUNTAINLOVER

Cevedale (3769 m) – Itália – 2008

ALIMENTA OS TEUS
SONHOS COM A AÇÃO

Se é verdade que sonhar é o primeiro passo para subires qualquer montanha na tua Vida, também sei que se ficares só pelos Teus Sonhos, não chegarás nunca a lado nenhum!

E sabes porquê?

Porque não é o sonho que te vai carregar a ti e à tua mochila, até ao cume dessas montanhas!

É preciso mais, muito mais!

Para que os teus sonhos se realizem tens de entrar em Ação!

Primeiro, precisas de decidir que queres mesmo realizá-los, que queres mesmo subir a Tua Montanha, e depois, precisas de saber porque é que o queres fazer!

Quando isto estiver bem claro na tua cabeça, precisas de te comprometer contigo próprio(a) de que irás fazer tudo ao teu alcance para honrares o teu Compromisso, para honrares o teu Sonho, para honrares a tua Decisão!

Só assim terás a força e a determinação necessárias para te preparares, para te colocares à altura da Montanha que queres subir.

Lembra-te, a tua decisão e o teu Compromisso responsabilizam-te, mas ao mesmo tempo devem orgulhar-te, porque decidiste ser fiel ao teu Sonho, decidiste ser fiel a Ti Próprio!

Assumido o compromisso e alinhado com o propósito, é altura de meter "mãos à obra, de começar a trabalhar, pois espera-te uma bela empreitada...!

Para estares à altura da Montanha que queres subir tens de estar forte fisicamente.

No montanhismo, a boa condição física é um enorme fator de segurança, ela só por si não te garante o sucesso, pois são muitos os fatores em jogo, mas se não estivermos bem fisicamente, as possibilidades de êxito são praticamente nulas.

É preciso começar então a treinar, no meu caso continuar a treinar, pois o treino faz parte do meu quotidiano, desde sempre, é algo de que gosto muito e que me faz sentir muito bem.

No meu tempo de criança, brincar significava correr, jogar à bola, andar de bicicleta, depois veio a prática desportiva mais formal, como o Hóquei em Patins, o Futebol, o Andebol, o Triatlo e por aí fora, nunca mais parei.

Mas agora é preciso acrescentar-lhe foco, resistência, força, é altura de correr, de pedalar, de caminhar com uma mochila pesada às costas, de escalar, de passar horas a treinar o coração, as pernas, os pulmões, à chuva, ao sol, ao vento, ao frio, na neve, de noite e de dia, dia após dia.

É tempo de ir "temperando" o meu corpo nas dificuldades do treino, até sentir que ele se está a transformar no meu fiel aliado de sempre, que nunca me deixou ficar mal e com o qual sempre pude contar para a realização das minhas aventuras.

É uma altura muito importante, muito solitária, da qual retiro muito prazer.

Treino de corrida em trilhos

É preciso consistência, o treino não se compadece com "pieguices" ou caprichos de última hora, é preciso estar atento aos sinais que o corpo vai dando, é preciso saber escutar o que ele vai dizendo, para evitar o treino excessivo, os esforços desnecessários, é muito importante treinar com continuidade, sem loucuras, sempre muito atento à frequência cardíaca com que se treina, para ir preparando o coração para as exigências a que ele vai ser submetido quando chegarem as alturas decisivas.

É o momento de modelar o treino, de o aproximar o mais possível daquilo que vou encontrar na montanha.

Ao mesmo tempo que "tempero" o corpo, forjo também o meu carácter, até me transformar na pessoa capaz de subir a montanha que escolhi subir.

É um privilégio poder correr por um trilho de montanha, numa manhã fria de Inverno, sentindo o despertar da natureza, em comunhão com o Mundo e comigo próprio, reforçando a cada passada o desejo de alcançar aquilo que me propus fazer, aquilo com que me comprometi.

São momentos de profunda gratidão...

E a pouco e pouco, à medida que vou somando treinos em circunstâncias difíceis, vou aumentando cada vez mais as possibilidades de ter sucesso na montanha.

Como vês, a melhor forma de protegeres o teu Sonho é agires!

A única forma de os teus Sonhos "verem a luz do dia", é entrares em ação, é "regá-los" com o teu suor, com o teu compromisso, com a tua fidelidade.

É com a ação intencional e assumida que tu o reforças, que tu o fazes crescer!

À medida que vou treinando, a imagem da montanha que quero subir vai ganhando uma maior nitidez na minha mente, vai ganhando novas cores, vai ganhando mais consistência.

A visualização do meu objetivo, é cada vez mais fácil e clara, e cada vez vou-me sentindo mais íntimo da montanha que quero subir!

Vou conhecendo melhor os seus contornos, a sua silhueta, e dentro de mim vai crescendo o desejo de me "encontrar" com ela!

Passo a ter mais cuidado com a minha alimentação, a escolher melhor os alimentos que ingiro, a dedicar mais tempo ao descanso, a aproveitar melhor o meu tempo.

São escolhas naturais e que apenas significam que estou a valorizar o objetivo que pretendi alcançar.

Normalmente, gosto de guardar segredo sobre a montanha que quero subir.

Apenas a minha família mais próxima e um ou outro amigo conhecem os meus projetos.

A experiência ensinou-me que saber manter este segredo é fundamental para proteger os meus sonhos.

No passado, quando as pessoas conheciam antecipadamente aquilo que pretendia fazer, pressionavam-me para que "pensasse bem" na loucura em que me ia meter, para que ganhasse juízo e me deixasse dessas maluqueiras, e outros "mimos" deste género!

Sem que o fizessem por mal, algumas pessoas auguravam para as minhas expedições desgraças iminentes, obrigando-me a um esforço redobrado para manter o meu foco no desenrolar positivo da Aventura.

Com o decorrer do tempo, fui aprendendo a imunizar-me em relação às "vozes da desgraça", concentrando todos os meus esforços em manter uma atitude positiva, determinada, otimista, visualizando-me a ter sucesso na jornada que escolhi empreender.

Esta atitude, este distanciamento, é meio caminho andado para canalizar toda a minha energia para aquilo que é essencial, sem me desgastar com "ruídos" supérfluos.

Um treino com a minha companheira de 4 patas, a "Inca"

Isto não quer dizer que por vezes não tenha que lutar contra os meus próprios demónios, é claro que as dúvidas, a incerteza, o medo, também me assaltam aqui e ali, mas faz parte do meu processo de crescimento saber lidar com eles, enfrentá-los, colocá-los no seu sítio, e fazer prevalecer a minha vontade, o meu carácter, a minha decisão!

Sempre que enfrentas os teus medos, os teus "fantasmas", eles diminuem de tamanho, por isso o segredo é olhá-los bem nos olhos e seguir em frente!

Aprendi que antes de subir a uma montanha, tenho de elevar dentro de mim, a minha confiança, o meu querer, a minha força interior, tenho de me transformar numa pessoa diferente para poder almejar outros objetivos, para poder chegar mais alto e mais longe.

É nesta fase que estabeleço os alicerces da minha aventura, que vou construindo a pouco e pouco, de forma sustentada e consistente, a força e a determinação necessárias para enfrentar o meu desafio.

E o tempo vai passando, parece que passa a correr, por causa do entusiasmo, até que chega a altura de começar a preparar a viagem.

No meu caso viajo quase sempre sozinho, por opção, por gostar de depender apenas de mim, por querer aproveitar para estar mais comigo próprio, por querer usufruir em pleno da "minha própria companhia".

Também é verdade, que nestas grandes montanhas se acaba sempre por conhecer outras pessoas, posso até dizer que tenho algumas boas amizades que foram forjadas na montanha, algumas enfrentando dificuldades juntos, outras através de histórias partilhadas no campo base, com uma caneca de chá nas mãos para as aquecer e para ajudar a passar as longas e frias noites da montanha.

Aprender a estar só, bem contigo próprio, foi outras das coisas que a montanha me ensinou.

E à medida que a hora da partida se aproxima, vou tomando decisões sobre a roupa que devo levar, sobre a tenda, a mochila, as botas, os *crampons*, o fogão, o frontal, o saco de cama…

É uma altura importante, pois a escolha do que levas vai determinar o estilo de subida que vais fazer.

Se levares tudo e mais alguma coisa, não só vais gastar mais dinheiro em bagagem, como vais tornar a tua aventura mais "pesada".

Eu pela minha parte gosto de levar o mínimo possível, apenas o essencial para nunca, mas mesmo nunca, comprometer a minha segurança!

Gosto do minimalismo, e estas são sempre boas oportunidades para relembrar a mim próprio, que não precisamos de muito para fazer grandes coisas, para nos sentirmos bem, precisamos é de estar bem preparados e determinados.

Sempre gostei de com pouco fazer muito!

Sempre gostei das coisas simples, e estou convencido que a simplicidade é a chave da eficácia.

Um livro, as minhas músicas preferidas e uma máquina fotográfica, são os únicos "luxos" a que me permito!

E o tempo vai passando, e cada vez me vou sentindo mais forte, mais capaz, mais preparado, mas ao mesmo tempo sinto crescer dentro de mim um sentimento de tristeza, que contrasta claramente com todo o prazer e alegria que me acompanhou durante todo o meu treino.

E sabes porquê?

Porque se aproxima o momento da partida...

Serra da Estrela

A única forma de os teus Sonhos "verem a luz do dia", é entrares em ação, é "regá-los" com o teu suor, com o teu compromisso, com a tua fidelidade.

MOUNTAINLOVER

Um treino de BTT

O PRIMEIRO DESAFIO

- A PARTIDA -

Chega por fim a "hora da verdade".

Ou melhor, uma das "horas da verdade".

É a altura da partida! De ires ao encontro da Montanha que decidiste subir.

É sempre um momento difícil, muito difícil mesmo, é o primeiro grande teste às tuas convicções, à tua decisão, tens de te despedir dos teus entes queridos, da tua família, tens de deixar para trás uma parte muito importante da tua Vida, e isso é muito doloroso! É muito duro mesmo!

Confesso que nestas alturas pergunto a mim mesmo se merece a pena, se faz sentido partir mais uma vez, se faz sentido afastar-me das pessoas de que mais gosto.

Sei que há sempre um tempo para tudo, e sei que quando voltar, virei mais forte, mais satisfeito comigo mesmo, mais preenchido, e essa é a melhor forma de retribuir todo o apoio, todo o incentivo, todo o amor que eles me dão.

Às vezes é preciso passar pelo desconforto da "partida", é preciso vivermos novas experiências, conhecermos "novos mundos", dentro e fora de nós, para sabermos dar mais valor à nossa chegada, ao nosso "porto de abrigo".

A separação é apenas física, nunca é espiritual ou afetiva, e nos momentos decisivos, esta ligação vai ser uma âncora muito forte para me motivar a alcançar os meus objetivos.

Escusado será dizer que as lágrimas, apesar de toda a minha determinação, afloram sempre, apadrinhando de forma sincera e genuína, os sentimentos que habitam o meu coração.

Nunca subo uma montanha só para mim, subo também por aqueles que por esta ou por aquela razão não o podem fazer.

Por isso gosto de partilhar as experiências que recolho, as coisas que sinto, são o meu testemunho, o meu legado, para desta forma, ajudar as outras pessoas a subirem as suas próprias Montanhas!

Até há pouco tempo, partir para uma grande montanha num canto recôndito do Mundo, significava estar 3 ou 4 semanas incontactável, sem saber nada nem da minha família, nem dos meus amigos, e vice-versa.

Isso é uma coisa que pesa muito no meu espírito.

Será que estão todos bem? Será que não existe nenhum problema? É uma dúvida permanente com a qual não é fácil de conviver durante tanto tempo!

Lá está, sempre que ousas ir mais alto e mais longe na tua vida, existe sempre um preço a pagar, uma troca a fazer.

É assim, faz parte da própria vida, para receberes algo, tens sempre de dar primeiro.

Como dizia um amigo meu, o universo funciona em sistema de pré-pagamento!

Neste caso, dar o primeiro passo para sair de casa, rumar ao aeroporto e entrar no avião!

Vale de Ordesa e Monte Perdido – Pirenéus - Espanha

No primeiro de vários aviões, pois isto de viajar para o Quirguistão, para os confins da China ou para o Nepal, requerem uma sucessão de voos, de descolagem e aterragens, até te aproximares do destino final.

São viagens que duram quase sempre 1-2 dias, com escalas sucessivas, com noites passadas em bancos de aeroportos, ou deitado no chão com a cabeça em cima da mochila, à espera do próximo avião.

São imensas as peripécias que já se passaram ao longo destes anos todos de viagens, algumas hilariantes como daquela vez em que no aeroporto de Sarmentyevo, em Moscovo, o avião onde ia seguir, atropelou com os "flapes" um carrinho de transporte de bagagens, quase matando o seu condutor, ou com contornos mais trágicos como aconteceu no Quirguistão, em que o avião onde seguia, talvez com 40 anos de idade, parecia ir desintegrar-se a qualquer momento.

Enfim, peripécias para mais tarde recordar!

Na maior parte das vezes, a Aventura começa logo a partir do momento em que saio de Portugal, pois viajar por tua conta para certos sítios do mundo, sem viagens pré-definidas, não tem nada a ver com as típicas viagens "tudo incluído"!

Mas eu gosto de ir assim, de viajar desta maneira, de manejar o imprevisto, de estar atento, de procurar a melhor solução em cada situação que surge.

É como um jogo, em que tens de ceder o controle para depois o recuperares e o utilizares como achares melhor.

Já tive situações muito intensas, como aquela em Moscovo, quando pretendia apanhar um avião para MineralyVody, no Cáucaso, para subir o Elbruz, a montanha mais alta da Europa.

Esse voo foi adiado, e eu fiquei sem saber para que hora é que ele tinha sido remarcado, pois todas as informações estavam em russo, e no ano 2000 falava-se muito pouco inglês na Rússia.

Valeu-me ter encontrado um homem que entendia alguma coisa de inglês, a quem pedi que me informasse quando o voo voltasse a aparecer no enorme painel do aeroporto.

Fiquei sempre na dúvida se teria entendido o meu pedido, e confesso que, quando por fim aterrei num aeroporto de aspeto descuidado por entre montanhas, ainda me interrogava se estaria a aterrar no sítio certo!

Mas era mesmo MineralyVody, como pude comprovar com alívio, quando vi este nome chapado em letras enormes na parede da gare central do aeroporto. Ufa!

De referir que este foi dos voos mais rocambolescos que fiz, pois até uma cena de pancadaria existiu entre os passageiros do avião.

Já que falamos de aeroportos, recordo sempre o de Lukla no Nepal, porta de entrada para o Vale de Khumbu, o vale que nos leva até ao Evereste, e que é considerado o mais perigoso do mundo, por estar situado entre montanhas e ter uma pista de aterragem com apenas 250 metros de comprimento.

Este "aeroporto" foi construído por iniciativa de Edmund Hillary, que juntamente com Tenzing Norgay, foram os primeiros homens a pisarem o cume do Evereste, decorria o ano de 1953.

Mas chegar ao aeroporto final não significa que a viagem terminou, nada disso, a maior parte das vezes é preciso apanhar mais um transporte que nos leve durante 5,6, 7 horas, até ao sítio onde já não se possa avançar mais por meios motorizados.

Relembro a viagem de Osh no Quirguistão, para o campo base do Pico Lenin, uma montanha de 7134 m cujo campo base está atapetado de edelweiss.

Essa viagem foi feita num enorme camião, com rodas de 2 metros de altura, capaz de passar por todo o lado e que até rios atravessava.

Impressionante!

Agora que vos escrevo estas linhas, vêm-me à memória muitas outras histórias interessantes, que talvez partilhe convosco numa outra ocasião.

Bom, com todas estas andanças, chega-se por fim a um ponto em que já não se pode avançar mais por meios mecânicos, a partir daqui só de iaque, de camelo, ou de cavalo, conforme o sítio onde estamos, ou então a pé, o meu meio de transporte preferido, sempre disponível em qualquer lugar do mundo e a qualquer hora do dia!

Chega então a altura de pôr a mochila às costas, de apertar os atacadores das botas e de meter os pés ao caminho, para iniciar uma etapa de que também gosto muito.

Aconcágua (6959 m) – Argentina 2006

Às vezes é preciso passar pelo desconforto da "partida", é preciso vivermos novas experiências, conhecermos "novos mundos", dentro e fora de nós, para sabermos dar mais valor à nossa chegada, ao nosso "porto de abrigo"

MOUNTAINLOVER

Monja budista no Vale de Khumbu – Evereste – Nepal - 2005

APRENDER COM TUDO E COM TODOS
A MARCHA DE APROXIMAÇÃO

As montanhas são como alguns dos Tesouros da nossa vida, estão bem escondidos e só se alcançam depois de uma longa "caminhada".

Se o tesouro da paz e da tranquilidade está no caminho que fazemos para dentro de nós próprios, o caminho até às montanhas, está sempre no lugar onde acabam os estradões e começam os trilhos.

Os trilhos que nos conduzem ao sopé das montanhas que queremos subir.

A "marcha de aproximação" implica caminhar durante vários dias seguidos, até chegarmos ao local onde iremos montar a nossa tenda durante o período em que estamos a subir a montanha.

É o chamado campo base.

Esta é a fase mais importante de todas as expedições, pois é no seu decorrer que nos aclimatamos progressivamente à altitude, ao mesmo tempo que "afinamos" a nossa condição física, já em terreno montanhoso.

E o que é isso da aclimatação?

A aclimatação é o processo através do qual, o nosso organismo se vai habituando progressivamente à altitude e à consequente menor quantidade de oxigénio disponível.

É uma fase muito importante, que tem de ser gerida com muita cautela e sensatez, pois uma subida muito rápida pode originar graves problemas físicos, o chamado "mal de montanha", que mais não é do que a inadaptação do nosso corpo à altitude que ele está a enfrentar. Esta inadaptação pode resultar numa embolia pulmonar e/ou cerebral, e conduzir à morte.

Por isso todos os cuidados são poucos, e embora me sinta cheio de força e de "ganas" de chegar ao pé da montanha, é muito importante ter paciência e dar tempo ao tempo, para o corpo preparar da melhor maneira, a sua resposta à "agressão" de que está a ser alvo. Esta resposta vem, em grosso modo, através do aumento do número de glóbulos vermelhos no nosso sangue.

Existem outras implicações fisiológicas muito interessantes, mas que por agora não vêm para a conversa.

É uma fase de que gosto muito! Ir acompanhando literalmente a par e passo, a reação do meu corpo, ir vigiando os meus sinais vitais, a minha frequência cardíaca e ventilatória, a saturação de oxigénio no meu organismo, a reação das minhas pernas, do meu físico, ao esforço realizado em terreno montanhoso.

É uma boa oportunidade para fazer vir ao de cima o meu "olho clínico", de cruzar todas as informações e sensações que vou recolhendo de mim próprio, e assim poder aferir a eficácia do treino que efetuei.

Até ao dia de hoje, tenho tido sempre alguma facilidade em aclimatar-me, o que confesso humildemente, me deixa sempre "secretamente" orgulhoso.

É que a aclimatação não depende só do treino que se faz, tem também uma influência genética muito importante.

Vale de Khumbu – Evereste – Nepal - 2005

Pelos vistos, já nasci com uma "costela" genética para a montanha. Ainda bem!

Esta é uma altura ótima para desfrutar, para caminhar lentamente e apreciar as paisagens, para deixar voar os pensamentos, para começar a "namorar" com o cume da montanha que, embora ainda distante, já se vai deixando ver aqui e ali.

Este é o período em que vou "bebendo" da cultura do país que estou a visitar, de conhecer melhor os seus usos e costumes, a forma dos seus habitantes encararem a vida, a sua maneira de viver.

Gosto particularmente das marchas de aproximação no Nepal.

De me embrenhar na cultura budista, cheia de simbolismos e de um grande respeito por todas as formas de Vida.

Admiro muito aquele povo de sorriso rasgado, sempre de braços abertos para receberem os forasteiros, apesar das dificuldades com que vivem.

Gosto de dormir nas suas casas transformadas em pequenos *lodges*, de comer as suas comidas, com o famoso *dalbhat* à cabeça, de ficar ao fogão, alimentado por bostas de iaque, seco ao sol nos telhados das suas casas, e de ouvir as suas gargalhadas sonoras após uma boa história.

É a altura de me despir de alguns preconceitos ocidentais, de vestir a capa da humildade, sem a qual não é possível aprender.

Para mim, subir uma montanha não é um fim em si mesmo, é também a oportunidade de conhecer outros países, outras culturas, outras formas de viver, que por muito estranhas que possam parecer, não são melhores nem piores do que a nossa, são só diferentes!

Acredito que aprender pressupõe uma atitude de disponibilidade, de humildade, pois só assim estamos recetivos a receber o novo, o diferente, e a retribuir partilhando aquilo que genuinamente somos.

Aprender de tudo e de todos, foi outra das grandes lições que aprendi nestas minhas andanças pelas Montanhas.

É uma lição que é muito valiosa para mim, e que procuro preservar em todos os momentos da minha vida, independentemente das circunstâncias em que me encontre!

Durante a marcha de aproximação, é normal irmos travando conhecimento com montanhistas de outros cantos do mundo, com os quais se estabelece alguma empatia.

Recordo-me de uma vez no Nepal, ter conhecido um grupo de Iranianos que me convidaram para subir o Damavand, a montanha mais alta do seu país, convite que ainda não pude realizar, mas que muito me honrou, pois foi feito por um colega que vim a saber mais tarde, morreu precisamente na marcha de aproximação ao Evereste.

Um dia típico da marcha de aproximação, raramente ultrapassa as 5 ou 6 horas de duração, e não costuma ter desníveis superiores a 700/800 metros.

Tudo muito suave, muito tranquilo, muito prazenteiro, para não sobrecarregar muito o nosso organismo.

Até que chega o dia em que finalmente chegamos ao sopé da montanha, e aí meus amigos, toda esta sensação de facilidade, é bruscamente abanada pela imagem que vai crescendo diante dos nossos olhos a cada passo que damos.

BOOM!! É a montanha a sério...

Quirguistão - 2009

Acredito que aprender pressupõe uma atitude de disponibilidade, de humildade, pois só assim estamos recetivos a receber o novo, o diferente e a retribuir partilhando aquilo que genuinamente somos.
Aprender de tudo e de todos, foi outra das grandes lições que aprendi nestas minhas andanças pelas Montanhas.

MOUNTAINLOVER

Evereste – Nepal - 2005

A MONTANHA A "SÉRIO"

Ainda de mochila às costas, ficas parado a contemplá-la.

Arregalas os olhos para a sua grandeza, para a sua majestosidade, para a sua imensidão, e um arrepio percorre o teu corpo de alto a baixo!

É sempre maior do que esperavas, é sempre mais assustador do que imaginavas, é sempre mais desafiante do que supunhas.

É a "tua" montanha, aquela que povoou os teus sonhos durante tanto tempo, aquela que te fez treinar horas a fio, dia após dia, para poderes estar à sua altura, para poderes ser digno de tentar pisar o seu cume.

Como é?

Vais dar meia-volta e sair de mansinho, ou encaras a coisa de frente e dás o teu melhor?

A pergunta é inevitável, mas a resposta é sempre a mesma, ambas têm de surgir, fazem parte do jogo.

Enquanto monto a minha tenda, vou espreitando pelo canto do olho toda aquela imensidão, no entanto a decisão está tomada. Está tomada e vai ser honrada!

Vou respeitar a montanha que tenho à minha frente e humildemente, vou dar o meu melhor para chegar ao seu "cocuruto", ao seu cume, isto se ela o permitir, é claro!

Depois de montar a tenda e já refeito do primeiro "round", começo calmamente a considerar as minhas possibilidades.

Sei que é normal isto acontecer, é normal e é desejável, pois este primeiro impacto obriga-nos a colocar os pés no chão, a cair na realidade, é uma forma de prepararmos a nossa atitude para o que aí vem.

O que nos espera não é uma brincadeira, nunca é, por isso torna-se indispensável descer à terra e ponderar muito bem todas as nossas decisões.

Na montanha como na vida, cada decisão tem as suas consequências, a diferença é que uma má decisão na montanha pode custar-te a vida, enquanto no dia a dia, apenas significa mais uma experiência, mais uma lição aprendida sem danos irreparáveis.

Normalmente, o primeiro dia após chegar ao campo base é aproveitado para descansar.

Neste caso descansar não significa ficar por ali deitado de "papo" para o ar, nada disso, dá-se por ali uns passeios, conhece-se "os cantos à casa", o terreno à volta da tenda, verifica-se se ela está no melhor lugar, no sítio mais seguro, arruma-se melhor a "tralha" que se trouxe na véspera, travam-se alguns conhecimentos que mais tarde poderão dar em união de esforços, ou até quem sabe em novas amizades, enfim, o importante é ambientar-me à minha nova "quintinha" e mexer-me, para facilitar o meu processo de aclimatação, pois quando se chega a 4000/5000 metros de altitude, é muito importante estabilizar o organismo, para se poder começar a subir a montanha e atingir maiores alturas em boas condições físicas.

Inevitavelmente, de poucos em poucos minutos, dás contigo a mirar a montanha, que nua e cruamente se expõe à tua frente.

Que raio, como é que eu vou subir isto?

É a pergunta que sucessivamente me assalta.

Vale de Khumbu – Evereste – Nepal - 2005

"Calma Fernando", digo para mim próprio, esta montanha é como as outras montanhas da tua vida, tu já sabes como é que elas se sobem, passo a passo, um pé à frente do outro, sempre a escolher o melhor caminho, aquele que melhor te serve!

É como na vida, não é? Tu já sabes que sim!

Bom, vamos lá a isto, vamos lá começar!

Os momentos prévios à primeira subida, são momentos muito especiais para mim.

Em silêncio, peço permissão à montanha para subir, é um sinal de respeito da minha parte em relação a ela.

Para mim as montanhas são um lugar de culto, e em momento algum e em montanha nenhuma, terei a veleidade de pensar que algum dia poderei conquistá-las!

A minha experiência diz-me precisamente o contrário, são as montanhas que me conquistam a mim, com a sua beleza, o seu silêncio e a sua austeridade, e também sei que cada vez que tento subir alguma, conquisto um pouco mais de mim próprio.

As montanhas quando são muito altas, não se sobem todas de uma só vez, tem-se que se ir montando campos intermédios, para permitir ganhar altitude gradualmente, ao mesmo tempo que nos vamos aclimatando.

Por exemplo, se sais do campo base a 4.500 metros de altitude, sobes até aos 5.200/5.300 metros, montas uma tenda e desces outra vez para o campo base.

Passado um dia ou dois voltas a subir, passas uma noite na tenda que instalaste, sobes um pouco mais e voltas a descer outra vez.

E assim sucessivamente.

É a chamada aclimatação em dentes de serra, em que à medida que vais transportando o material de que precisas, vais afinando a tua adaptação a novas altitudes, para mais tarde estares preparado para chegar ao cume da montanha.

É de referir que à medida que vais subindo, vais conhecendo as várias opções do caminho, vais identificando os potenciais perigos, e as coisas vão ficando a pouco e pouco mais claras.

Aquilo que visto lá de baixo parecia confuso e difícil, aqui em plena ação, vai-se revelando mais acessível, mais humano.

Nestas coisas da montanha, como na tua vida, o importante é pores-te em marcha, é entrares em ação, pois a verdade é que nunca podes corrigir uma caminhada se não estiveres a caminhar!

Por vezes existem erros, pensavas que era por um lado e afinal era por outro, mas até isso é útil, pois elimina uma possibilidade e faz surgir quase sempre outra alternativa, aproximando-te cada vez mais do teu objetivo final.

O importante é subires sempre à tua maneira, com o teu ritmo, com o teu próprio estilo, com o teu cunho pessoal, se te focas na maneira como os outros vão a subir, podes ir parar onde não querias, porque não sabes das suas intenções, dos seus objetivos, das suas circunstâncias.

Foca-te em ti, no que tu queres, em como te sentes, foca-te nas pegadas que vais deixando na montanha. Na montanha e na tua vida!

Existem dois ditados de que gosto muito.

O primeiro diz que em todas as caminhadas devemos partir como velhinhos para chegarmos como jovens, e o segundo alerta-nos para a necessidade de na montanha, apenas deixarmos a marca dos nossos passos e dela trazermos apenas fotografias!

São bem sábias estas palavras, que nos aconselham a ser prudentes, a gerir bem as nossas energias e a preservar ao máximo as Montanhas e a Natureza em geral.

São dois conselhos que gosto muito de partilhar com os meus alunos e com as pessoas que levo para a montanha.

Aconcágua (6959 m) – Argentina 1996

À medida que vais subindo, que vais estando cada vez mais alto, os esforços são cada vez maiores, o sofrimento aumenta, o oxigénio na atmosfera é cada vez mais rarefeito, o frio é cada vez maior, dormes cada vez pior, comes cada vez menos, e a fadiga vai-se acumulando, irremediavelmente.

É tudo ao contrário dos outros desportos.

Por exemplo, no futebol, no atletismo, no ciclismo ou em qualquer outro desporto, à medida que se aproximam as competições, vais diminuindo o esforço para estares bem recuperado, vais comendo melhor, vais dormindo melhor, vais para estágio...

Aqui não, aqui é sempre a piorar.

À medida que te aproximas mais do teu objetivo, tudo piora, com a agravante que quanto mais alto estás, menos hipóteses tens de ser resgatado em caso de alguma coisa correr mal.

Aqui não há a possibilidade de desistir e dar o lugar a outro, ou de entrar num carro de apoio, aqui se desistires ou se te acontecer alguma coisa, tens de te safar pelo teu próprio pé, tens de te "desenrascar" como puderes.

É isto que faz do montanhismo um desporto tão especial, tão exigente.

É também por isto que gosto tanto de subir montanhas!

Já me aconteceu estar em expedições com indivíduos altamente treinados e com material de muito boa qualidade, mas que não conseguem atingir os seus objetivos.

E porquê? Porque lhes falta uma das características mais importantes, que é conseguirem adaptar-se, conseguirem nestas condições, "render" física e psicologicamente ao seu melhor nível.

Falta-lhes aquilo que eu chamo de "rusticidade", assim uma espécie de característica todo-o-terreno, que te permite adaptar a todas e a quaisquer circunstâncias.

Pico Lenin (7134 m) – Quirguistão - 2009

Por exemplo, é muito frequente acontecer alguns deixarem de comer.

Perder o apetite é normal em altitude, é por isso que devemos guardar os alimentos que mais nos agradam, para quando estivermos mais lá para cima, mas não é a isso que me refiro, refiro-me àqueles montanhistas que por "esquisitice" com a comida, passam a comer muito menos do que deviam, e a sua performance, porque está habituada a outro tipo de "cuidados", ressente-se muito!

Às vezes as coisas são tão graves, que a condição física e mental vai-se degradando logo durante a marcha de aproximação, e alguns, já não chegam sequer a iniciar a subida da montanha, ou então se o fazem, fazem-no já debilitados, já meio derrotados!

Felizmente neste aspeto, mantenho-me igual a mim próprio.

Tanto quando estou em casa, como quando estou fora, as minhas "ganas" pela comida, não abrandam!

E mesmo quando estou lá para cima, ando sempre a pensar em qual irá ser o próximo "petisco"!

Claro que isto afeta mais as pessoas que se estão a iniciar no montanhismo, os mais antigos vão aprendendo a conhecer as suas limitações e a melhor maneira de as ultrapassar.

Aí está mais uma poderosa lição que a montanha nos ensina, a capacidade de ser flexível, de te adaptares às circunstâncias, de apesar de todos os contratempos, continuares a seguir em frente.

I love this game!

Não se pense que estas condições não deixam marcas, é óbvio que sim, por isso é que quando volto das expedições, venho sempre mais magro, pois perde-se muita massa muscular e massa gorda na montanha, devido aos esforços que fazemos e às condições em que os fazemos.

Traz-se sempre uma fadiga grande que se foi acumulando durante a expedição, é por isso que nos primeiros dias após o regresso a casa, só me apetece comer alimentos frescos e saudáveis e dormir umas boas sestas no meu sofá de estimação!

Lembro-me de uma história engraçada passada em Katmandu, a extraordinária capital do Nepal.

Eu adoro fruta, que é um alimento muito raro na montanha.

Uma vez, quando estava a jantar sozinho num restaurante em Katmandu após ter regressado da montanha, depois de ter comido e repetido o prato principal, pedi 7 saladas de fruta seguidas, tal eram as minhas saudades por este alimento!

O rapaz do restaurante olhou incrédulo para mim, a certificar-se que tinha entendido bem, e de seguida, viu-o atravessar a rua em direção a uma loja, de onde regressou com dois sacos de fruta que solicita e dedicadamente, transformou nas 7 saladas que eu tinha pedido.

Porque era com certeza uma novidade para eles, verem alguém com um apetite tão voraz por este alimento, rodearam-me e ficaram a apreciar a minha desenvoltura a comer, trocando entre si risinhos e comentários em nepalês.

Bom, entretanto vais-te familiarizando com a montanha, já conheces alguma parte do caminho por onde a queres subir, as tuas pernas vão ficando cada vez mais fortes com as constantes subidas e descidas, os teus pulmões vão ficando cada vez mais adaptados à altitude, o teu coração que inicialmente batia desenfreado no teu peito, torturado pelo esforço e pela ausência de oxigénio, começa a acertar o seu pulsar pelo ritmo das tuas pernas, e começas a sentir-te preparado para tentar alcançar o cume.

Mas calma aí, porque isto não é assim tão simples, tão linear, não há expedição que se preze, que não tenha uns diazinhos de mau tempo!

Se acontecer enquanto estás lá para cima, a coisa pode ser mais complicada, sobretudo se houver muita neve e muito vento, pode implicar ficares ali 2 ou 3 dias fechado num espaço de 2 metros por 1, agarrado às varetas da tenda e a sair de hora a hora para tirares a neve de cima dela, para que esta não desabe! Enfim, é uma boa experiência!

Se estiveres cá para baixo, no campo base, a coisa é diferente, é um pouco mais "macia", aproveitas para descansar, para comer e beber um pouco melhor, sobretudo beber, porque manteres-te bem hidratado é fundamental para a tua saúde e para a aclimatação.

Já agora digo-te que na montanha, devemos beber para além dos 2 litros diários normais para qualquer pessoa em qualquer lugar do mundo, mais um litro por cada 1000 metros ascendidos.

Agora imagina que estás a 6000 ou 7000 metros de altitude, isso implicava que tinhas de beber oito ou nove litros de água, sob a forma de chá ou de sopas instantâneas.

Ora isso é muito difícil de conseguir àquelas altitudes, porque é preciso derreter a neve, e para obteres um litro de água, demoras para aí 30 ou 40 minutos, o que convenhamos é muito tempo e muito gás utilizado, que tens de ser tu a carregar montanha acima.

Então normalmente, se beberes dois ou três litrinhos já te dás por satisfeito!

Quando estás no campo base já podes ter mais atenção a este aspeto, e compensar as perdas que foste acumulando.

Mas dizia eu que, aproveito para descansar, para beber e comer melhor, e para meter a leitura em dia.

Dá-me muito prazer estar deitado, metido dentro do meu "amigo" saco-cama, a ouvir a neve cair e a ler um belo livro, ao som das minhas músicas preferidas.

É um dos meus prazeres preferidos na montanha!

Mesmo assim não descuro o treino, se posso faço algumas caminhadas ali por perto, se não, mesmo dentro da tenda faço alguns exercícios para manter o tónus muscular, pois estar para ali tombado 2, 3 ou mais dias, pode retirar-te um pouco da capacidade física que precisas.

Muztag – Ata (7554 m) – China 2007

Tens de te manter focado, de estar preparado, para quando a oportunidade surgir.

Encaro sempre estes períodos com alguma naturalidade, sem dramas, tento perceber como é que posso aproveitar este contratempo da melhor maneira, pois sei que eles têm sempre aspetos muito positivos.

Na montanha é preciso ser paciente, perceber que tudo isto faz parte da "aventura", é também um momento muito introspetivo, em que se não entrares em "parafuso", podes até ganhar balanço para o que se vai seguir!

Fui aprendendo que na montanha como na vida, ao "mau tempo" cara alegre!

É importante não entrar em depressão, como acontece com alguns companheiros, manter-me positivo, relaxado e focado no meu objetivo.

É altura para deixar crescer dentro de mim uma espécie de determinação serena.

Gosto muito dessa sensação, porque ela concilia o melhor dos dois mundos, sentir que a determinação para alcançar aquilo que quero já existe, que cresce cada vez mais a cada dia que passa, ao mesmo tempo que estou calmo, compenetrado no que quero e no que tenho de fazer para o alcançar.

Acho que é a altura em que vem ao de cima tudo o que já fizeste para estares ali, o teu treino físico, as tuas visualizações, a tua aclimatação, sinto que a aventura que está prestes a ter o seu capítulo final, já aconteceu dentro de mim, e isso dá-me uma confiança interior muito grande!

Entretanto, como após cada tempestade vem sempre a bonança, o bom tempo acaba por surgir, e com ele a altura para voltar à ação!

E a ação para os próximos capítulos da saga, é…

Fazeres a mochila com tudo o que precisas para os próximos 4 ou 5 dias, calçares as botas de alta montanha, colocares os *crampons*, e começares a subir a montanha, agora com o objetivo de chegar ao seu cume.

Bom, chegar ao seu cume e regressar cá abaixo ao campo base, são e salvo, esse é sempre o grande objetivo, subir, dar o meu melhor, mas regressar, regressar sempre, pois se assim não for é mau sinal!

Quase sempre nas entrevistas que vou dando aqui e ali, perguntam-me quantas montanhas já subi, e eu tenho sempre o cuidado de carinhosamente, corrigir o entrevistador, dizendo-lhe que prefiro dizer-lhe quantas já desci, pois isso significa que não me deixei ficar lá por cima!

Aqui há uns tempos, um dos jornalistas teve a amabilidade de contar todas as montanhas que já tinha subido fora de Portugal, eram naquela altura 42!

Confesso que fiquei surpreendido, pois não tinha ideia de que já eram tantas!

A verdade é que continuo a ter vontade de as subir, de estar com elas, gosto da sua companhia, fazem-me sentir bem, são como aqueles amigos com quem gostamos muito de estar!

Para mim o número pouco importa, pois nunca serei um colecionador de montanhas, prefiro ser um colecionador das boas experiências de vida que elas me proporcionam.

Bom, mas vamos lá a isto que se faz tarde!

É isso mesmo, pode fazer-se tarde, porque nas grandes montanhas, existe aquilo que nós chamamos de "janela de bom tempo", que não é mais do que um período de alguns dias, em que sabemos que o tempo vai estar mais favorável para podermos fazer a nossa subida.

É o período em que temos de apostar quase tudo para subirmos e descermos, sem corrermos o risco de sermos apanhados por alguma "carraspana" de mau tempo.

Agora essa previsão é relativamente fácil de obter, mas há uns anos atrás não era bem assim.

Era uma espécie de navegação à vista, em que tínhamos de nos guiar única e exclusivamente pela leitura que fazíamos do céu, e pela nossa própria intuição.

Recordo uma expedição que fiz em 1996 ao Aconcágua, uma montanha que mede 6959 metros e é a mais alta da América do Sul, em que sabíamos da previsão meteorológica através do contacto com um rádio amador que vivia na Ilha da Páscoa, pois o tempo que lá fazia era o tempo que iria estar no Aconcágua passados dois dias.

Enfim, boas experiências!

Depois de, em silêncio e voltado para a montanha, lhe pedir humildemente que me deixe chegar ao seu cume, início a marcha.

Com o passo certo, para não desbaratar energias que irão ser precisas lá mais para cima, vou ganhando altitude.

Movido pelo entusiasmo, vou ultrapassando os obstáculos que ainda há uns dias me pareciam muito difíceis.

Por cada um que ultrapasso sinto-me mais forte, mais confiante, mais perto do lugar que quero alcançar!

Os obstáculos servem para isso mesmo, para testar as tuas capacidades, a tua vontade de lutar por aquilo que realmente queres!

Vistos desta forma, eles não passam de "mestres" que te vão preparando para o passo seguinte.

E aqui o passo seguinte, é mesmo isso, é o passo seguinte, é colocar um pé à frente do outro, tentando controlar a respiração o melhor possível.

À medida que vou subindo, vou dormindo nas tendas que montei previamente nas várias altitudes.

Pico Lenin (7134 m) – Quirguistão 2009

Chego, e não raras vezes, tenho de desenterrar a tenda que, entretanto, ficou soterrada pela neve dos dias anteriores.

Enfim "pequenos" trabalhos de manutenção!

Em seguida, recolho neve para um saco, para mais tarde derreter, entro na tenda, tiro as botas que têm de ficar lá dentro para não congelarem durante a noite, e enquanto mudo alguma roupa, meto o fogão a trabalhar.

É preciso derreter neve para preparar uma refeição liofilizada, e para beber sob a forma de chá e de sopa.

Na companhia do ronronar constante do meu pequeno fogão, vou fazendo o balanço da jornada, de como me senti, de como encontrei o caminho, de quais as perspetivas para o dia seguinte, qual a estratégia a adotar, etc…

Às vezes faço tudo isto já meio metido no meu saco-cama, que aqui o frio não é para brincadeiras, pois assim que o sol se põe, a temperatura desce abruptamente, atingindo facilmente aos 10, 20 ou mesmo os 30 graus negativos, quando estou lá mais para cima!

Mas já lá irei.

Alguns colegas chegam tão cansados às suas tendas, que se deixam vencer pela preguiça, e ficam para ali estirados, sem mudarem de roupa, sem derreterem a neve que precisam para se hidratarem, sentem-se muito prostrados pela fadiga e pela falta de oxigénio.

É uma tentação a que é preciso reagir, fazer rapidamente o que tem de ser feito, para podermos ir descansar o quanto antes.

Quando todas as tarefas estão feitas, é hora de me "aninhar" no meu saco-cama, de "amanhar" uma almofada, para, com a cabeça protegida por um gorro e apenas com o nariz e a boca de fora, me despedir mentalmente dos meus entes queridos e do dia que finda, até que adormeço placidamente a pensar no dia seguinte.

O dia seguinte começa invariavelmente bem cedo, mal o sol nasce, para poder aproveitar a neve ainda dura, congelada pelas temperaturas negativas atingidas durante a noite.

Não, não é uma questão de masoquismo, é uma questão de segurança, pois assim caminhamos mais rápido, sem nos afundarmos na neve, e estamos menos sujeitos a avalanches ou a cair nalguma "crevasse", que são fendas que existem ao longo do nosso caminho.

A primeira tarefa assim que acordas qual é?

É isso mesmo, derreter mais neve para transformar em chá e em sopa, para ingerir logo ali, e também para encher os cantis de plástico para a jornada do dia.

A seguir visto-me, calço as botas, e venho cá para fora sacudir o gelo, que se acumulou durante a noite no exterior do saco-cama, refaço novamente a mochila e sigo caminho.

É sempre esta a rotina da manhã, simples, mas essencial.

E vou subindo, subindo sempre, cada vez mais alto!

E quanto mais sobes, maior é o esforço, e quanto maior é o esforço, mais fundo tens de ir dentro de ti próprio!

Por vezes chegas a um ponto em que julgas que já não podes mais, e é aí nesse ponto, quando o ar escasseia nos teus pulmões, o coração bate desenfreado no teu peito e as pernas ardem como fogo, que tens de ... continuar a andar, a seguir em frente!

É sempre para lá deste sítio que descobres algo de novo em ti próprio, que desconhecias, mas que agora passa a fazer parte de ti, dos teus novos limites.

Nestas circunstâncias desistir seria muito fácil e natural, mas não me posso esquecer que na montanha como na vida, a dor do esforço, da frustração ou da incerteza, é sempre temporária, enquanto a dor da desistência sem teres dado o teu melhor, fica para sempre gravada na tua memória.

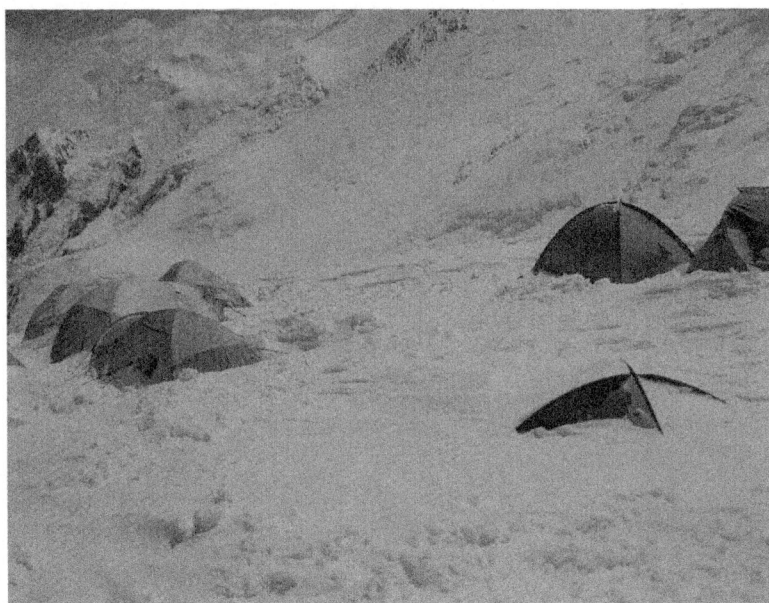

Muztag – Ata (7554 m) – China 2007

81

O quê, vais desistir?

Agora Fernando?

Tu já sabes que tudo isto vai passar, e tu vais voltar, mais forte, mais confiante, mais autêntico! Digo para mim mesmo. É o meu mantra. E sigo em frente!

Numa ou noutra vez já tive de renunciar.

Recordo-me por exemplo da minha subida ao Chimborazo, no Equador em 1998. O Chimborazo tem uma particularidade interessante, mede apenas 6263 metros de altura, no entanto é a montanha cujo cume está mais distante do centro da terra. E porquê?

Porque ao encontrar-se sobre a linha do equador terrestre e devido ao facto da terra ser "bojuda", a distância que vai do seu cume até ao centro da terra é maior do que a do próprio Evereste que com os seus 8848 metros de altitude é a montanha mais alta da terra, mas que por se encontrar mais afastado da linha do equador, tem uma distância menor até ao centro da terra. Curiosidades do nosso Planeta Terra, o belo planeta azul!

Mas dizia eu que, quando estava a subir esta montanha, já perto dos 6000 metros, um montanhista equatoriano que tinha conhecido no refúgio Wlymper, o refúgio mais alto do mundo a 5000 metros de altitude, caiu dentro de um buraco, de uma crevasse, desaparecendo nas suas entranhas! Eu e um francês, o Henri, que seguíamos ali perto, apercebemo-nos da cena pelos gestos desesperados do seu colega.

Aproximámo-nos do local e juntamente com o Camacho, o outro equatoriano, iniciámos imediatamente o resgate do Teófilo, que devia estar a mais ou menos a 15 metros de profundidade.

Quando o trouxemos cá para fora, vimos logo que devia ter algumas costelas e um braço partido.

Perante esta situação, ficou claro para mim que a expedição terminara ali, pois era urgente ajudar aqueles companheiros a chegar a um lugar seguro, de onde poderiam mais tarde ser resgatados.

Foto de uma crevasse

Para agravar a situação, o Camacho referiu que ali naquela zona, uns anos antes, um grupo de italianos tinham sido soterrados pelo deslizamento de uma placa de gelo!

De imediato, o Henri sugestionado por este desabafo inocente e ao mesmo tempo tenebroso, começou a ficar branco, cada vez mais lívido, até que começou a vomitar ao ponto de quase perder os sentidos. Bonito serviço, agora era preciso resgatar dois companheiros em vez de um só!

Bem, mãos à obra! Imobilizámos o braço do Teófilo com umas ligaduras e uma revista que tenho sempre na mochila, para improvisar uma tala, e aí vamos nós por ali abaixo, eu a amparar o Henri do meu lado esquerdo e com o braço direito, a ajudar o Camacho a amparar o Teófilo nas passagens mais difíceis, com todo o cuidado para não agravar as lesões que ele tinha nas costelas e que poderiam ser graves.

Resgatar alguém na montanha é sempre uma tarefa árdua e ao mesmo tempo delicada, ainda mais a estas altitudes. No entanto, em momento algum se colocou a questão de não o fazer, pois salvar uma vida é sempre o valor mais importante, é sempre o melhor "troféu" que podes conseguir!

Horas depois, exaustos mas satisfeitos, chegámos finalmente ao refúgio, de onde pudemos lançar um pedido de socorro, recebido por uma unidade militar situada em Riobamba, que o mais depressa que pôde, foi buscar o Teófilo e o seu companheiro Camacho, 15 horas depois!

Passados todos estes anos, nunca me arrependi da minha decisão, de renunciar a chegar ao cume, que já estava tão perto, e sinto-me satisfeito por isso!

Renunciar é diferente de desistir.

Quando renuncias fazes uma escolha, decides escolher aquilo que é melhor para ti. Não se pense que é fácil renunciar, porque passaste muito tempo a preparar-te para aquele objetivo, para o teu sonho, mas saber renunciar é uma das melhores competências que um montanhista deve ter.

Se já deste o teu melhor e se não é possível continuar a avançar com o mínimo de segurança, deves ter a lucidez para saberes renunciar, a montanha continuará lá, à tua espera, e tu regressas para a tua casa, para junto dos teus, são e salvo, vivo para continuares a sonhar com esta ou com outras montanhas!

Os dias vão passando, o desconforto vai crescendo, as temperaturas vão baixando ainda mais, o ar vai sendo cada vez mais escasso, e "vira não volta", a pergunta bate como um martelo na minha cabeça. "O que é que eu faço aqui?"

É chegada a hora de teres uma conversa muito séria contigo próprio, de recordares quem tu és, de que é que és feito, é hora de fazer valer a decisão que tomaste meses atrás, de honrares o compromisso que fizeste contigo próprio, de dares o teu melhor!

Reforçados os ânimos, ergues a cabeça, enches o peito de ar, e segues em frente, passo a passo, que devagar se vai ao longe, não sem antes fazer uma coisa muito importante.

Aligeirar a mochila!

Alpes Italianos

Nestas coisas da montanha, como na tua vida, o importante é pores-te em marcha, é entrares em ação, pois a verdade é que nunca podes corrigir uma caminhada se não estiveres a caminhar!

MOUNTAINLOVER

Chimborazo (6263 m) – Equador 1998

O importante é subires sempre à tua maneira, com o teu ritmo, com o teu próprio estilo, com o teu cunho pessoal, se te focas na maneira como os outros vão a subir, podes ir parar onde não querias, porque não sabes das suas intenções, dos seus objetivos, das suas circunstâncias.

Foca-te em ti, no que tu queres, em como te sentes, foca-te nas pegadas que vais deixando na montanha e na tua vida!

MOUNTAINLOVER

Muztag – Ata (7554 m) – China 2007

Fui aprendendo que na montanha como na vida, ao "mau tempo" cara alegre!

MOUNTAIN**LOVER**

Os obstáculos servem para isso mesmo, para testar as tuas capacidades, a tua vontade de lutar por aquilo que realmente queres! Vistos desta forma eles não passam de "mestres" que te vão preparando para o passo seguinte.

MOUNTAINLOVER

Por vezes chegas a um ponto em que julgas que já não podes mais, e é aí, nesse ponto, quando o ar escasseia nos teus pulmões, o coração bate desenfreado no teu peito e as pernas ardem como fogo, que tens de ... continuar a andar, a seguir em frente!

É sempre para lá deste sítio que descobres algo de novo em ti próprio, que desconhecias, mas que agora passa a fazer parte de ti, dos teus novos limites.

MOUNTAINLOVER

Island Peak (6189 m) – Nepal 2005

ALIGEIRAR A MOCHILA

Na montanha como na vida, existe sempre algo que carregamos, e que em certos momentos, nos dificulta ou nos impede mesmo, de chegarmos "mais Alto" e "mais Longe".

É uma espécie de "peso morto", de lastro, que às vezes sem nós darmos por isso, nos vai roubando as forças, nos vai minando o ânimo, nos vai desgastando.

Na montanha, assumem a forma de algumas coisas que embora possam pesar pouco, ao fim de muitas horas, de muitos dias de atividade, deixam mossa nas nossas energias.

É o caso da comida em excesso, ou da roupa de abrigo a mais, ou por exemplo, de um canivete multiusos.

São pequenas coisas que quando a "escalada" começa mesmo a doer, te sabe muito bem descartar.

Quando o fazes, recebes como que um *"boost"* de energia, sentes-te mais leve, mais ligeiro!

Mesmo que sejam apenas 200 ou 300 gramas! Enfim, na montanha como na vida, cada grama conta!

O problema é descartar os outros pesos, os invisíveis, os impalpáveis, os que se não estiveres atento, vão minando o teu ânimo, o teu querer.

Aparecem quase sempre sob a capa da dúvida, da incerteza, dos pensamentos negativos.

97

Estes sim, são os verdadeiros fardos que tens de saber deitar "borda fora", pois se os deixas instalar-se, dão cabo da tua aventura e deitam tudo a perder.

Tens de ser firme contigo, com a tua mente, não permitindo que estes sabotadores, estas "sanguessugas" de energia, boicotem o teu esforço.

Nestas alturas faço o possível para continuar a mover-me, e vou fixando pequenos objetivos, pequenos locais onde quero chegar, enquanto repito para mim próprio até à exaustão, que vou conseguir, que vou ser capaz!

O engraçado é que se pensarmos bem, estes pensamentos surgem com a intenção de nos proteger perante os vários perigos, perante tantas adversidades.

O ser humano, por norma, é avesso a sair da sua zona de conforto, existe como que uma força que nos prende ao que é seguro, ao conhecido, então é preciso tranquilizar essa vozinha que te diz para parar, dizendo-lhe que está tudo bem, que agradeço o seu cuidado, mas que está tudo sob controlo, e continuar, continuar sempre.

A ação firme e decidida, é o melhor bálsamo para ultrapassar este obstáculo, que está dentro de ti próprio, que faz parte de ti.

E a pouco e pouco, à medida que vais colocando um pé à frente do outro, voltas a reassumir o teu comando, o teu destino, o teu caminho.

E na vida como é?

Vale de Khumbu – Evereste - Nepal

O que é que cada um de nós "carrega" na sua mochila, que o impede de atingir os seus sonhos?

Que forma assumem esses "pesos mortos" que nos impedem de sermos nós próprios?

Que mágoas, que angústias, que tristezas, povoam os nossos pensamentos, impedindo-nos de levantar voo rumo à vida que queremos?

Que pessoas te rodeiam, que em vez de te ajudarem a alcançar o que desejas, te desencorajam de subires as tuas próprias montanhas?

Que locais frequentas, que hábitos cultivas, que em vez de te fortalecerem, minam as tuas forças, o teu desejo vital de seres feliz?

Penso muito nestas coisas, pois acredito firmemente que nós nascemos com tudo para sermos felizes, para nos sentirmos bem, realizados, satisfeitos.

Precisamos é de ser fiéis à nossa autenticidade, a quem verdadeiramente somos, e caminharmos sempre nesse sentido, em direção à nossa realização pessoal, ao melhor de nós próprios.

Essa é a nossa jornada, a nossa grande montanha, e temos uma vida inteira para o fazer!

Por isso torna a tua jornada mais fácil!

Torna a tua jornada mais prazenteira!

Torna a tua jornada mais Feliz!

Vai desfrutando de cada passo que dás e do caminho que percorres.

Com mais ou menos carga, com mais ou menos esforço, com dias melhores e outros piores, com melhor ou pior tempo, chegas por fim ao último campo de altitude, a partir do qual vais tentar alcançar o cume da montanha.

Chegas, montas a tenda, repetes o ritual dos teus últimos dias, abrigas-te, derretes neve, aqueces-te e preparas-te para uma noite muito especial.

A noite que antecede o dia do Cume!

Na montanha como na vida, existe sempre algo que carregamos, que em certos momentos nos dificulta ou nos impede mesmo de chegarmos "mais Alto" e "mais Longe".

MOUNTAINLOVER

Cume do Cotopaxi (5897m) – Equador 1998

Precisamos de ser fiéis à nossa autenticidade, a quem verdadeiramente somos, e caminharmos sempre nesse sentido, em direção à nossa realização pessoal, ao melhor de nós próprios.

MOUNTAINLOVER

Cume do Island Peak (6189 m) – Nepal 2005

.

SUPERA-TE! – O DIA DO CUME

Aproxima-se o dia decisivo, embora pensando bem, decisivos foram todos os momentos anteriores, em que decidi ir para a frente, em que escolhi seguir o meu caminho, o meu sonho, sem essas pequenas decisões, não estaria agora aqui, prestes a enfrentar o último troço da escalada, em neve, em gelo, em rocha, que me separam do cume.

Esta noite é sempre uma noite difícil, já estou muito alto, a maior parte das vezes acima da chamada "zona de morte", os 6500m, a altitude em que já não é possível a adaptação e em que o corpo começa a morrer lentamente, já tenho muita fadiga acumulada, o frio é ainda mais intenso, e por todos estes motivos e mais alguns, esta é a noite em que quase não consigo pregar olho.

É a noite em que os meus medos, as minhas dúvidas, as minhas preocupações, mais aferroam o meu espírito.

Será que o tempo vai estar estável?

Irá fazer vento?

Serei capaz de aguentar, de resistir ao cansaço que irá invadir-me da cabeça aos pés?

Serei capaz de ultrapassar os últimos obstáculos?

Conseguirei suportar a altitude?

Serei suficientemente forte?

Enroscado no meu saco-cama, luto com todas estas dúvidas, combato-as com as minhas experiências anteriores, tento fazer descer sobre elas o véu da minha confiança, do meu treino, da minha mentalidade, e pouco a pouco, consigo apaziguar-me, consigo recuperar a minha tranquilidade, consigo reencontrar-me comigo e com o meu propósito!

Perguntam-me muitas vezes se tenho medo, se não me apavoram todas estas incertezas, todas estas dificuldades.

A resposta para mim é clara.

É óbvio que tenho medo, e ainda bem que assim é, pois sei que o medo vai aumentar a minha concentração, o meu foco, ajudando-me a ter mais atenção às dificuldades.

Perante o medo existem sempre duas atitudes possíveis, ou desistes, não o enfrentas, recuas, voltas para trás com o "rabinho" entre as pernas, ou então fazes-lhe frente, "olhos nos olhos", com respeito, mas sem submissão, agindo, avançando, tentando passar para lá dessa barreira que nos barra o caminho.

Normalmente quando fazemos isto, verificamos que afinal aquilo que temíamos não era assim tão medonho, tão perigoso, o que é preciso é não ceder à pressão do medo, ao primeiro impacto que ele nos provoca.

Para mim, quer na montanha, quer nas outras "montanhas" da minha vida, o medo é sempre uma bênção, pois dá-me a oportunidade de fazer vir ao de cima a minha coragem, a minha determinação, de relembrar a "massa" de que sou feito!

Pico Lenin (7134 m) – Quirguistão 2009

Se não existir medo, não existe a oportunidade de nos medirmos com aquilo que nos assusta, e que muitas vezes nos impede de avançar.

Sem a tua coragem para enfrentares os teus medos, não existe a oportunidade de cresceres, de ires para além do que conheces, rumo ao desconhecido, em direção a um território de mais e maiores oportunidades!

É sempre para além dos teus medos que se encontram as tuas maiores conquistas!

E aqui na montanha isso é literalmente assim!

Embalado por estes pensamentos, por estas emoções, vou dormitando, vou passando pelas "brasas".

Esta noite é passada alternando entre pequenos "cochilos" e um estado de vigília.

De ouvido apurado, tentas calcular a intensidade do vento, tentas perceber se lá fora neva ou não.

Envolto numa fina camada de gelo, o meu saco-cama range cada vez que me mexo, pareço que tenho "bicho carpinteiro", como dizia o meu avô materno, quando eu era criança e não parava quieto!

Vira não volta, olho para o meu relógio, quero saber quanto tempo falta para me meter em marcha, para me pôr em ação!

Quero sacudir esta dúvida, quero desafiar-me, quero cumprir o meu objetivo!

E por incrível que pareça, quando o despertador do meu relógio toca, apanha-me quase sempre a dormir, vencido pelo cansaço e pela longa noite de espera.

TRIIM! TRIIM! É o despertador a tocar, anunciando a ALVORADA!

Que horas são?

Pergunto-me meio a dormir. Ah! É verdade, pus o despertador para as duas da manhã!

É preciso começar cedo que o dia vai ser longo. Muito longo!

Ainda dentro do saco-cama, atrevo-me a meter a cabeça fora da tenda. BRRR! Que frio!

Espreito o meu relógio e vejo que ele marca 30° graus negativos!

É normal, a 7000 metros de altitude e ainda de noite, não podia esperar melhor.

As estrelas visíveis por todo o céu, indicam-me que ele está limpo, e o vento que durante a noite fez ouvir o seu uivo, caiu!

Ótimo sinal! Vamos a isto!

É preciso levantar, ganhar coragem para abandonar o conforto do meu saco-cama, que continua coberto com uma camada de gelo, agora ainda mais grossa e mais resistente aos meus movimentos.

Rapidamente visto o meu casaco grosso, de penas, dormi completamente vestido, com luvas e gorro, por causa do frio.

Puxo o capuz do casaco para a cabeça, e em seguida acendo o meu pequeno fogão, que juntamente com o meu cantil, e a minha máquina fotográfica, passaram a noite comigo, no calor do saco-cama para não congelarem.

É preciso começar a derreter neve, e ao mesmo tempo, deixar que o calor produzido, comece a pouco e pouco, a suavizar a aspereza do frio que habita toda a tenda.

O frio, esse eterno "adversário" dos montanhistas!

Essa entidade sempre presente, sempre perigosa, com a qual temos de estar sempre de pé atrás.

Aconcágua (6959 m) – Argentina 1996

Não é fácil lidar com ele, ao mínimo descuido podemos ficar com alguma parte do corpo afetada, congelada, é preciso estar atento, muito atento, sobretudo com as mãos, pois perder a funcionalidade das mãos por causa do frio, pode significar a morte!

Na montanha, se as mãos deixam de funcionar, ficamos sem préstimo, e dificilmente podemos fazer as tarefas necessárias para sair dali, para continuarmos, seja para cima ou para baixo.

Ciclicamente, vou rodando os meus braços para projetar o sangue até à ponta dos dedos, para os manter irrigados, aquecidos.

Aprendi, dentro do possível é claro, a lidar com o frio.

Antigamente, combatia-o muito, enervava-me muito com ele, agora já não é bem assim, aprendi a aceitá-lo e a vê-lo como uma peça do jogo de xadrez que é o montanhismo.

Tenho muitas precauções, tento não cometer erros, mas procuro estar o mais relaxado possível, pois sei que isso facilita a circulação sanguínea, e, portanto, o aquecimento do meu corpo.

Se estiver muito contraído, muito tenso, o sangue tem mais dificuldade em circular.

Tenho muito respeito pelo frio, mas acho que aprendi a lidar melhor com ele, quer na montanha, quer no meu dia a dia.

Já passei 3 dias e 3 noites seguidas a 7000 metros de altitude, com temperaturas entre ao 20 e os 30º negativos, e posso dizer que o último dia foi menos difícil que o 1º e o 2º.

Porquê? Porque percebi a melhor maneira de o enfrentar.

A melhor escola é sempre a das vivências, a das experiências reais que vamos tendo, é assim que melhor vamos aprendendo.

Mas voltemos à tarefa primordial de derreter neve, é preciso preparar o máximo de líquidos possível, de ingerir uma boa quantidade de sopa e de chá, e de levar 2 litros para a "viagem".

Tenho de prevenir a desidratação, o dia vai ser longo, e lá para cima não vai haver nenhum posto de reabastecimento!

Estar bem hidratado também é uma boa maneira de combater o frio!

Duas horas mais tarde saio da tenda.

São agora 4 horas da manhã e nem um vislumbre da aurora, é só gelo, gelo e mais gelo!

Gelo cintilante, que debaixo dos meus *crampons* range a cada passo que dou.

Gosto de ouvir este barulho, o barulho da neve gelada a ceder sob o meu peso e a minha força! GRRR, GRRR....

À minha frente, talvez a 8-10 horas de distância, a zona cimeira da montanha brilha, como que a desafiar-me para que a alcance.

Olho uma vez mais para as minhas botas, para me certificar que tudo está em condições, e começo a andar.

Desejo a mim próprio, boa sorte, embora saiba que a sorte não é mais do que, a conjugação da oportunidade com a preparação necessária para a aproveitar.

Sinto-me preparado e a oportunidade está aí, por isso vamos a isto!

Toda a atenção é pouca!

A escuridão da noite, apesar de rasgada pela luz do meu frontal, esconde perigos que é preciso identificar, que é preciso evitar.

Duas horas depois, por volta das 6 da manhã, aparecem as primeiras claridades da aurora.

É um novo dia que nasce, e uma panóplia de cores pinta o horizonte de uma forma deslumbrante, que até o melhor dos pintores por certo não desdenharia.

Bota com Crampon

É magnífico! Simplesmente magnífico!

Continuo no meu esforço, sei que não posso parar, se o fizer, o frio intenso apoderar-se-á de mim, acabando por vencer-me...

Momento a momento, cada músculo do meu corpo faz-me lembrar que estou vivo.

E o silêncio, este majestoso silêncio, enche-me de paz, apesar das dificuldades...

E continuo a subir, agora curvado, para evitar que o vento gelado açoite a minha cara de frente.

E continuo, um, dois passos, quatro ou cinco respirações.

Um, dois passos, quatro ou cinco respirações!

O corpo pede-me para parar, mas é preciso continuar, não ceder a essa tentação.

É preciso saber "escutar" o corpo, tentando perceber se isto é apenas a fadiga própria do esforço, ou se é algo mais.

Estou lúcido, as pequenas contas que faço mentalmente, provam-no, e sigo em frente, indiferente à dor, ao cansaço e ao desconforto.

O caminho rumo ao topo das montanhas da nossa vida, não aceita atalhos.

Só reconhece o foco, a decisão, o respeito por ti e pela montanha que queres subir.

A montanha não mente, nunca mente, só reconhece o valor daqueles que a respeitam, daqueles que se comprometem seriamente a chegar ao seu cume.

Pé ante pé vais-te aproximando dele, e o que é curioso é que a maior parte das vezes não o consegues ver!

Sim é verdade, normalmente nunca é onde tu pensas que ele está, é sempre um pouco mais além.

E isso pode ser muito desmoralizador, não veres ali à tua frente o cume que queres alcançar.

116

Às vezes, tanto na montanha como na vida, aquilo que desejamos não está logo ali à nossa frente, à mão de semear, é preciso acreditar que ele está lá, que o cume está lá para ti, à tua espera, embora não o vejas, ele está lá.

Acredita e não pares!

Segue em frente com fé, sabendo que vai haver um momento em que vais deixar de subir, em que não vai ser preciso esforçares-te tanto, em que a tua respiração ofegante vai abrandar, em que as tuas pernas não vão doer tanto, e então, os teus olhos vão abarcar toda a imensidão que te rodeia, terás para ti todo o silêncio do mundo, e aí saberás que chegaste ao cume.

Mais um pouco, só mais um pouco.

Mais um passo, outro, mais outro, e ... parei de subir, cheguei!

Cheguei ao CUME!

Ajoelho-me, de cansaço e de emoção.

Beijo aquela neve fria, em sinal de respeito e de gratidão pela Montanha, e as lágrimas brotam dos meus olhos!

É muito forte a emoção que sinto!

É uma emoção muito íntima, muito pessoal, sem euforias.

Aqui não existem palmas, não existe público para aplaudir.

Só eu e as montanhas ao meu redor!

Alpes Italianos

Sento-me.

Que paisagem, que beleza, que paz, que silêncio, que grandiosidade!

Para mim, o sucesso é sentir-me bem em tudo aquilo que faço.

É sentir-me igual a mim próprio.

E cada vez que chego ao cume de uma montanha, sinto isso mesmo, uma grande conexão entre mim e todo o universo.

São momentos grandiosos que ficam para sempre tatuados na minha memória!

Nem as mais belas palavras e as mais fantásticas fotos, poderão alguma vez explicar o que vejo e o que sinto!

Fico por ali mais 10 ou 15 minutos, é sempre difícil abandonar um local que tanto custou a alcançar.

O corpo pede-me sempre para ficar.

É normal, a estas altitudes, a falta de oxigénio misturada com o cansaço, entorpece-nos, torna-nos apáticos, no entanto, é preciso descer, é preciso contrariar esta tentação.

Olho uma vez mais ao meu redor, tiro mais umas fotografias e começo a descer!

Precisamos de ser fiéis à nossa autenticidade, a quem verdadeiramente somos, e caminharmos sempre nesse sentido, em direção à nossa realização pessoal, ao melhor de nós próprios.

MOUNTAINLOVER

Aconcágua (6959 m) – Argentina 2007

Sem a tua coragem para enfrentares os teus medos, não existe a oportunidade de cresceres, de ires para além do que conheces, rumo ao desconhecido, em direção a um território de mais e maiores oportunidades!
É sempre para além dos teus medos que se encontram as tuas maiores conquistas!

MOUNTAINLOVER

Muztag – Ata (7554 m) – China 2007

PÕE-TE A SALVO! - A DESCIDA

Volto-me várias vezes para trás, a despedir-me do cume da montanha que acabo de alcançar, e continuo, agora para baixo.

Sinto as mãos e os pés frios, e as forças ao fim de 10 horas de intensa atividade já não são as mesmas.

Apesar de estar contente, satisfeito comigo, a preocupação de ter de descer nunca me larga.

Quando estou no cume de uma montanha, ainda só atingi metade do objetivo, pois o sucesso, é alcançar o cume e regressar, são e salvo, e ainda falta bastante para que isso aconteça!

Sinto que me superei mais uma vez, que fui ao fundo de mim, e isso é uma sensação muito boa, muito gratificante.

Acredito que, superarmo-nos, ultrapassarmos um desafio, é a melhor maneira de crescermos, de ficarmos mais confiantes, mais satisfeitos, mais preenchidos.

Continuo, as passadas que na subida eram curtas para poupar a energia, são agora mais amplas, embaladas pela inclinação da descida.

O ranger que antes se ouvia de cada vez que quebrava a crosta gelada da neve, é agora substituído por um ligeiro silvo, provocado pelo deslizar dos meus *crampons* na neve, que perdeu a rigidez e se torna a cada hora que passa mais fofa.

É preciso ter cuidado, muito cuidado, pois por baixo desta neve, está uma camada de gelo, que pode fazer-me deslizar muitos metros por ali abaixo.

Levo o meu *piolet* preparado, pronto para travar-me em caso de queda.

Será que tenho os gestos de auto detenção devidamente treinados, devidamente automatizados?

Um segundo a mais na minha reação, face a uma eventual escorregadela, pode fazer a diferença entre a vida e a morte!

"Confia Fernando", digo para mim próprio, confia e segue em frente!

De vez em quando, sento-me.

Por 1 ou 2 minutos deixo-me afundar na neve fofa, e fico ali a contemplar tudo ao meu redor.

Tanta grandiosidade!

E eu ali tão pequenino, indefeso, perante a força telúrica desta Montanha, da Natureza!

Levanto-me, parece que tenho um despertador dentro de mim, que ao fim de 2 minutos de descanso, me impele a continuar.

Tenho isto bem treinado na minha cabeça, não me deixar ficar, não me deixar adormecer, pois sei que ainda não estou em segurança.

Desenho de um *Piolet*

Quantas e quantas vezes treinei isto?

Naquelas noites geladas de inverno, em que a correr dizia para mim próprio, um pouco mais, só mais uns minutos, suporta o vento frio, aguenta mais um pouco, isto é, por conta da descida que vais ter de fazer na montanha, anda Fernando, não regateies esforços, prepara-te.

E a ideia fica bem incrustada na minha mente, como um dínamo que me impele a continuar, a sobreviver.

Para baixo, sempre para baixo.

Motivo-me pensando no "conforto" da minha tenda, no calor do meu saco-cama, e no ronronar acolhedor do meu pequeno fogão, que irá preparar o chá e a sopa por que tanto anseio.

Estou há 13 horas em intensa atividade, com muito frio, a respirar um ar muito seco e com pouco oxigénio, estou desidratado, e são as gorduras do meu corpo que estão a dar-me a energia de que preciso para seguir para baixo!

Por entre este turbilhão de acontecimentos, sinto-me satisfeito.

Vejo que o meu organismo está a reagir como eu previ, como eu o treinei, para funcionar fundamentalmente à custa da gordura, sem estar dependente de açucares, da glicose, e isso dá-me uma grande segurança, uma grande autonomia!

Mais 20 passos e paro, volto-me para trás, para mais uma despedida.

Mas já não se consegue ver o cume.

Agora a sua imagem de austeridade e altivez, só poderá ser recordada através da minha memória.

Sinto-me mais uma vez e escuto todo o silêncio ao meu redor, um silêncio que me leva ao fundo de mim próprio, ao âmago da minha alma!

Vale de Khumbu – Evereste – Nepal 2005

Nem aquela brisa, ligeira e fria, que sinto na minha cara, perturbam aquele silêncio, aquela tranquilidade.

À medida que o tempo passa, as probabilidades de acidente aumentam.

Estou mais cansado, a concentração está diminuída, a neve está cada vez mais macia, fazendo com que os meus passos se afundem cada vez mais, fazendo-me gastar mais e mais energia.

A maior parte dos acidentes acontecem nas descidas, pelos fatores que atrás mencionei, aos quais se juntam a euforia e a alegria que se apoderam de ti por teres atingido o teu objetivo.

Ainda não há motivo para celebrar, as celebrações ficam para quando estiver em segurança no campo base, só aí comemorarei o êxito desta aventura.

Fixo o meu olhar, uma e outra vez, e convenço-me que é mesmo a minha tenda que vejo ao longe, talvez a uns 45 minutos de distância.

É a minha "amarelinha", companheira fiel de tantas andanças, de tantas noites de vento, de neve, de chuva, de frio, mas também de prazer, de noites calmas e tranquilas, de conforto, de desfrute das coisas simples da vida!

Que alegria sinto ao vê-la!

O montanhismo ensina-nos a reconhecer e a valorizar essas coisas simples da Vida.

Depois de passares várias noites "confinado" à estreiteza do teu saco-cama, de passares frio e calor, de passares fome e sede, de viveres em escassez de oxigénio, sem poderes tomar banho ou lavar a cara como gostas de fazer, quando por fim, podes voltar a usufruir destas preciosidades que dás como garantidas no teu dia a dia, passas a valorizá-las mais, a reconhecer que todos os dias tens ao teu dispor verdadeiros tesouros, que se calhar não valorizas da melhor maneira, e pelos quais não tens a gratidão que eles merecem!

Muztag – Ata (7554 m) – China 2007

Agora que avistei a minha tenda, posso beber o resto do líquido que trago no cantil, é um hábito antigo, de segurança, que pratico há muitos, muitos anos, o de só beber o último trago quando vejo que estou prestes a atingir um lugar relativamente seguro.

Aqueles "dois dedos" de chá sabem-me a néctar! E revigoram-me.

Vamos embora, está quase!

Por vezes não damos o devido valor às pequenas coisas que nos rodeiam, aos prazeres simples da vida, não vivemos cada momento como um momento único, que jamais se repetirá, e que é preciso honrar, valorizar, viver plenamente!

Corremos muito nas nossas vidas, numa "lufa lufa" constante e interminável, em busca do impossível, do inalcançável, na ânsia de encontrarmos qualquer coisa que nos preencha o vazio, que nos torne mais fortes e satisfeitos.

Não precisamos de ir longe, basta voltarmo-nos para o nosso interior, para o nosso coração, ele tem as respostas, ele sabe o caminho a seguir, e incansavelmente vai-te sussurrando ao ouvido a sua mensagem, a sua pura intenção, tu só precisas de abrandar, de abrandar e escutar!

Aprecia, aprecia as pequenas coisas que te rodeiam, e simplifica a tua vida, faz as pazes contigo próprio, e terás dado um passo importante para seres feliz!

Quinze horas depois de ter iniciado a escalada, e cinco horas depois de ter pisado o cume da montanha, estou de volta. Tiro a luva grossa da mão direita, abro o fecho da tenda e sento-me no seu interior.

Com as pernas ainda do lado de fora, olho mais uma vez para o caminho que acabei de descer, já invadido pela sombra que vai baixando pela montanha, como se fosse um longo véu que a vai proteger do frio da noite.

Emociono-me, e é com as lágrimas a aflorarem ao canto dos meus olhos, que tiro os *crampons*, descalço as botas, e me recolho juntamente com o material, dentro da minha tenda.

Massajo os meus pés, para os aquecer, e princípio a tarefa de derreter neve, mais uma vez...

O ronronar do fogão embala os meus pensamentos, "boa Fernando, belo desempenho, amanhã se tudo correr bem já chegas ao campo base".

Bebo sofregamente o 1º chá, e o 2º, preparo uma sopa, e a pouco e pouco, sinto-me a recuperar as forças!

Continuo a derreter neve, a que tinha sobrado do dia anterior, encho um cantil que meto dentro do meu saco-cama, para me aquecer à laia de botija de água e também para ir bebendo durante a noite.

Bebo mais um chá, acompanhado de umas bolachas, e já mais refeito da fome e da sede que trazia, meto-me dentro do saco-cama.

Estou "refastelado", e sinto a pouco e pouco, uma onda de calor a percorrer o meu corpo. Que bom!

Ligo o meu MP3, e embalado pelas minhas músicas preferidas, deixo que o sono invada todo o meu corpo, numa onda de satisfação e de prazer.

Estou grato pelo dia que tive, por ser quem sou, e por ter sonhado com isto!

É bom sonhar, é bom sonhar, é bom sonhar....

Desperto com os raios de sol, a banharem a minha tenda, deixo-me ficar, e de olhos abertos vou recordando as peripécias do dia anterior.

Apuro os ouvidos, o vento não está forte.

Muztag – Ata (7554 m) – China 2007

Ainda dentro do saco-cama, sento-me, e a crosta de gelo que o envolve quebra-se em mil pedaços.

Rio-me, e satisfeito, bebo o resto do chá semicongelado que sobrou da noite anterior.

São 7 horas da manhã.

Começo a derreter neve, ao mesmo tempo que faço o ponto da situação: é preciso hidratar-me, comer o resto das bolachas, encher dois cantis com chá e sopa, vestir-me, calçar as botas, sair da tenda, sacudir o saco-cama, arrumar a mochila, desmontar a tenda, e "dar corda aos sapatos", pôr-me a andar para baixo, para chegar ainda hoje ao campo base.

Meto "mãos à obra", e duas horas depois, pelas 9 horas, já de mochila às costas e carregado "como uma mula", olho pela última vez para o local onde estava montada a minha tenda, e despeço-me daquele pequeno pedaço de neve, que durante uma noite foi meu!

E lá venho eu por ali abaixo, fixando pequenos objetivos, às vezes são grandes pedras, que sobressaem da brancura da neve ainda rija do frio da noite, outras vezes são crevasses, que aqui e ali, rasgam a encosta que estou a descer.

Pelas minhas contas, levarei seis ou sete horas a percorrer estes 2.600 metros de desnível que me separam do campo base. E continuo.

De vez em quando, olho para trás, para trás e para cima, sobretudo para cima, para aquelas nuvens que vão começando a aparecer por trás da montanha, e que de certeza vão trazer mau tempo.

"Foco Fernando, mantém o foco", digo para mim, a empreitada ainda não acabou, e tu sabes que, tal como diz o povo, "até ao lavar dos cestos é vindima".

Na montanha, a rapidez é sempre um fator de segurança.

Quanto menos tempo estiveres exposto à altitude e ao frio, menos riscos corres, só que isso não significa correr, significa ser consistente, na velocidade que melhor se adapta às tuas condições físicas e ao terreno.

Significa gerir bem o esforço, para não precisar de parar muitas vezes, ser constante, ser estável, ter um "motor" forte, um coração muito resistente, infatigável, que não precise de muitas paragens para recuperar.

Bebo mais um trago de chá, dou uma dentada numa barrinha energética, e sigo, quase sem parar.

O vento aumentou a sua intensidade e trouxe mais frio. Mais frio e mais neve para o meu rosto.

Sigo para baixo, agora de lado, de *piolet* bem firme na mão esquerda, que a parede empinou e é preciso estar atento, muito atento.

As pernas apesar de cansadas vão respondendo bem ao esforço.

De vez em quando, dou um pequeno solavanco para ajeitar a mochila bem carregada que trago às costas, é preciso ter o peso bem distribuído, para não me desequilibrar nalguma passagem mais delicada.

À medida que vou descendo, vou sentido o ar mais rico em oxigénio a entrar nos meus pulmões, e naturalmente acelero o passo, é uma espécie de 2º fôlego, que a pouco e pouco me aproxima mais das tendas do campo base, que já se vislumbra lá muito, muito ao longe.

Quinze minutos mais tarde, faço uma pequena paragem para acabar com o chá que ainda resta no meu cantil, e sentado numa pedra que sobressai no meio da neve, olho com mais atenção para as pequenas tendas coloridas, que talvez a meia hora de distância, se espraiam pelo campo base.

É sempre muito difícil calcular com alguma fiabilidade as distâncias na montanha, é por isso que preferimos utilizar mais o fator tempo que demoramos a percorrer um dado percurso.

Por exemplo, se queremos ir do campo base ao campo 1, não dizemos que este está a quatro quilómetros de distância, preferimos dizer que está a três ou quatro horas de caminho.

Muztag -Ata (7554 m) – China 2007

Verifico que existem mais tendas do que quando parti, e reparo em dois pequenos grupos de pessoas, que estão virados na minha direção e que movimentam os braços em sinal de aceno.

Movido pelo entusiasmo de chegar para poder retribuir a amabilidade, retomo a marcha em passo fatigado, mas decidido.

É quase irresistível para quem está no campo base, fazer estes gestos de solidariedade.

Todos nós sabemos o que significa estar a regressar, depois de andar há vários dias lá por cima, a fadiga que se traz, a desidratação, a fome, o desejo de chegar.

É extraordinário o que um simples aceno, pode representar para espevitar as últimas forças do montanhista que regressa.

Animado, chego rapidamente às imediações do campo base, aquela zona em que deixamos de descer, e é já em terreno plano, que percorro as últimas dezenas de metros que me separam das primeiras tendas.

Vejo que alguns companheiros que ainda não consigo identificar, vêm ao meu encontro, e antes de receber os seus efusivos abraços, volto-me outra vez para a montanha que acabei de descer, e agradeço-lhe.

Agradeço-lhe por me ter permitido pisar o seu cume e regressar são e salvo.

Agradeço-lhe por me ter permitido viver tão profunda e rica experiência, e em sinal de reverência, respiro profundamente e curvo a minha cabeça na sua direção.

Obrigado!

Neste preciso instante, recebo o primeiro de muitos abraços, vindos de companheiros que não conheço.

Saúdam-me nas suas respetivas línguas, reconheço o inglês, o espanhol, o italiano, e até umas palavras que me soam a húngaro, se é que o pouco que conheço desta língua, me permite ter esta veleidade de identificação.

Não importa, o que conta é retribuir a gentileza deles, e não nego a ninguém o abraço, o aperto de mão viril, e até um par de beijinhos, com que uma bonita espanhola me presenteou!

Vou-me dirigindo para a tenda que deixei montada no campo base, enquanto procuro responder à curiosidade dos meus companheiros, ansiosos por saber novidades lá de cima, das "terras altas" da montanha, que nenhum deles ainda pisou.

Os espanhóis e os italianos, à boa maneira latina, convidam-me para jantar.

Aceito de imediato, e prometo ser mais pormenorizado com os detalhes que vi e vivi na montanha.

Por fim, depois da efusividade das boas-vindas, pouso finalmente a minha mochila à entrada da tenda, corro o seu fecho, e pesadamente, arrasto-me para o seu interior.

Preciso de estar sozinho, de processar estes cinco dias tão intensos, de emoções tão fortes, e ao mesmo tempo, tão gratificantes.

Puxo a minha mochila para dentro, descalço as botas e recosto-me no saco-cama dobrado, respiro fundo, fecho os olhos, e acordo não sei quanto tempo depois, ao som de uma algaraviada de espanhol e de italiano. Chamam-me para o jantar!

A noite já caiu, e a neve que o céu cinzento, cor de chumbo, prenunciava, cai agora com alguma abundância.

Digo-lhes que estarei na tenda deles dentro de 10 minutos.

Rapidamente troco de roupa, ou melhor, de roupa interior, porque a outra é quase sempre a mesma, é que o frio da noite não permite grandes escolhas, e eu também não vou para nenhuma passagem de modelos...

Vejo-me ao espelho, algumas rugas, acentuadas pelo cansaço dos últimos dias, sulcam o meu rosto.

Cada uma dessas rugas conta uma história da minha vida, é uma ligação direta entre a minha memória e o meu coração!

China

Acredito que, superarmo-nos, ultrapassarmos um desafio, é a melhor maneira de crescermos, de ficarmos mais confiantes, mais satisfeitos, mais preenchidos.

MOUNTAINLOVER

Não precisamos de ir longe, basta voltarmo-nos para o nosso interior, para o nosso coração, ele tem as respostas, ele sabe o caminho a seguir, e incansavelmente vai-te sussurrando ao ouvido a sua mensagem, a sua pura intenção, tu só precisas de abrandar, de abrandar e escutar!

MOUNTAINLOVER

Quirguistão

RESPIRA FUNDO...E CELEBRA!

Já "aperaltado", tento descobrir a tenda onde irá decorrer o repasto.

O que aliás não foi difícil, pois quando espanhóis e italianos se juntam, a conversa é sempre fluída e em bom som.

Recebem-me com uma salva de palmas, e de imediato, metem-me nas mãos um bocado de presunto e um copo de bom vinho tinto da Rioja, o famoso *"Sangre de Toro"*, que tenho de beber de um só trago!

Como bom português, e para não dar parte de fraco, não me faço rogado, e bebo de uma só vez aquele líquido escuro, que dada a minha fraqueza, faz efeito de imediato!

Já sei que é assim, é da praxe, e não é a primeira vez que isto me acontece, agora é preciso comer bem, e refrear o mais possível os "vivas" bem "regados" que se vão suceder.

Perante o olhar concentrado dos meus anfitriões, vou contando as peripécias, identificando os passos mais difíceis, as zonas mais perigosas, e vou comendo as iguarias que me vão dando, ovos com chouriço, arroz com lentilhas, uma preciosa maçã.

Tudo isto me sabe bem, divinalmente bem!

Já tinha saudades de comer alimentos verdadeiros!

Noite fora, estabelecem-se contactos, trocam-se endereços, planeiam-se futuras expedições em conjunto, e sobretudo, celebra-se.

Celebra-se, não por ter conseguido uma grande conquista, um recorde qualquer, ou o que quer que seja, celebra-se porque consegui realizar um projeto com que sonhei durante tanto tempo, para o qual tanto trabalhei, e ao qual dediquei tanto entusiasmo e energia.

Por vezes esquecemo-nos de celebrar as nossas vitórias, as vitórias do dia a dia, as pequenas coisas que parecendo insignificantes, vão reforçando a nossa confiança, a nossa determinação, a nossa autenticidade, que nos vão aproximando cada vez mais daquilo que queremos ser, daquilo que queremos fazer, daquilo que queremos ter.

Tenho para mim, que se não soubermos apreciar o pequeno, também não saberemos valorizar o grandioso!

Aprendi ao longo da minha vida a celebrar.

Às vezes por tudo e por nada, sem grandes euforias, mais interiormente, que é onde tudo se passa, e a partir de onde tudo se transforma, tudo se realiza.

Quando achares que não tens nada para celebrar, lembra-te que estás vivo, e isso só por si, já é um grande motivo de celebração!

No meio da conversa animada e por entre "comes e bebes", a dada altura recebo o melhor presente da noite.

Metem-me nas mãos um telefone por satélite, e convidam-me a telefonar à minha família.

Agradeço, e meio a tremer de emoção, marco o número de casa, espero ansiosamente, e por fim ouço do lado de lá, a voz ensonada da minha companheira!

Digo-lhe que estou bem, que cheguei ao cume e regressei são e salvo.

Pergunto avidamente por todos, se estão bem, se não existe nenhum problema.

A chamada é rápida, dura pouco mais de um minuto, que aqui as comunicações são caras e eu não quero abusar da amabilidade, mas quando por fim me despeço, sinto um alívio e uma satisfação muito grandes.

Agora estou descansado, os "meus" estão de boa saúde, e eu, depois disto tudo, não poderia estar melhor!

Brindemos, brindemos à vida, à Montanha e à Amizade!

TCHIM! TCHIM!

Por fim, por volta da meia-noite, despeço-me de todos, agradeço tão magnífico e generoso serão, e desejo-lhes boa sorte.

Sei que amanhã começarão a subir a montanha, e eu, provavelmente iniciarei a marcha de regresso para casa.

Ficarão as boas recordações, e a porta aberta para atividades futuras, que o tempo dirá se terão "pernas para andar".

Dirijo-me para a minha tenda.

Os flocos de neve dançam ao meu redor, numa coreografia suave, suave, mas constante, e olho na direção da montanha.

Ainda ontem estava lá em cima, e hoje, agora, estou aqui, prestes a ir dormir na minha tenda, no conforto do meu saco-cama, de barriga cheia, cansado, mas satisfeito. Sou um privilegiado!

Reconfortado pelo calor do saco-cama, e embalado pelo trautear melódico da neve que cai no teto da tenda, sinto as minhas pálpebras a fecharem-se, cada vez mais pesadas, cada vez mais pesadas.... e adormeço.

Muztag -Ata – (7554 m) – China 2007

E sonho!

Sonho que estou a falar para uma plateia, com pessoas de todas as idades, algumas mais velhas, outras jovens, crianças, muitas crianças, partilho com elas todo o meu entusiasmo pelas Montanhas, todas as lições que elas me ensinaram, todas as paisagens que me foram permitidas ver, todas as pessoas que pude conhecer, todas as culturas das quais pude aprender.

Tento inspirá-las a seguirem os seus próprios Sonhos, e a terem vidas mais Alegres, mais Saudáveis, mais Tranquilas e mais Corajosas.

E estou feliz, muito feliz, satisfeito por poder à minha maneira, partilhar aquilo que sou, aquilo que vi, aquilo que senti, aquilo que vivi, aquilo que sonhei!

Nunca deixes de sonhar!

Qual é a próxima Aventura?

FIM

Aconcágua (6959 m) – Argentina 2007

NÃO SUBO MONTANHAS PARA QUE O MUNDO ME VEJA, SUBO MONTANHAS PARA VER O MUNDO

MOUNTAINLOVER

NOTAS FINAIS

VIVEMOS TEMPOS DESAFIANTES!
TEMPOS QUE EXIGEM A CADA UM DE NÓS UMA ATITUDE DE OUSADIA E DE CORAGEM.

OUSADIA PARA SERMOS CAPAZES DE CONTINUAR A SONHAR, DE CONTINUAR A ACREDITAR QUE É POSSÍVEL IR ALÉM DAQUILO QUE SE VÊ, PARA ALÉM DO QUE É ÓBVIO, DESAFIANDO NOVOS LIMITES, NOVAS FRONTEIRAS, NOVAS CRENÇAS.

CORAGEM, PARA IMPLEMENTAR PEQUENAS AÇÕES DIÁRIAS QUE FORTALECEM AS NOSSAS NOVAS CRENÇAS, AS NOSSAS CONVICÇÕES E QUE A POUCO E POUCO NOS TRANSFORMAM NAQUILO QUE QUEREMOS SER.

A MAIOR AVENTURA QUE PODES VIVER NA TUA VIDA, É A DE SEGUIRES OS TEUS SONHOS!

ACORDARES TODOS OS DIAS COM O TEU CORAÇÃO "A CANTAR", COM UM SORRISO NA CARA E COM A ALMA CHEIA DE ENTUSIASMO, POR TERES A OPORTUNIDADE DE VIVERES MAIS UM DIA GLORIOSO, MAIS UM DIA PARA CAMINHARES NO SENTIDO DA TUA REALIZAÇÃO PESSOAL.

SUPERA-TE, NÃO NO SENTIDO DE SERES MAIS E MELHOR DO QUE ALGUÉM, MAS SIM NA INTENÇÃO DE REALIZARES TODO O TEU POTENCIAL!

A SUPERAÇÃO É UMA ATITUDE DE SUPER-AÇÃO, DECIDIDA E CORAJOSA, CONSTANTE, QUE FAÇA VIR AO DE CIMA O MELHOR DE TI PRÓPRIO, A TUA VERDADEIRA NATUREZA.

SE QUERES MUDAR O MUNDO, MUDA-TE PRIMEIRO A TI, SÊ O EXEMPLO QUE QUERES VER NOS OUTROS, "ABRAÇA" A TUA ALMA E O TEU CORAÇÃO, E CHEGA MAIS ALTO E MAIS LONGE, AO LUGAR DESTINADO APENAS AOS QUE SONHAM E AOS QUE OUSAM TENTAR TRANSFORMAR OS SEUS SONHOS NA SUA PRÓPRIA VIDA.

SUPERA-TE!

SOBRE O AUTOR

Sou um apaixonado pela Aventura e pelas Montanhas.

Sou fundador do projeto MountainLover e já subi mais de 40 Montanhas pelos "4 cantos do Mundo", desde os Pirenéus, aos Himalaias, passando pelos Alpes, pelo Cáucaso, pelos Andes, pelo Pamir, pelo Kunlun...

Nestas "andanças" de mais de 30 anos, tenho aprendido preciosos ensinamentos que gosto de partilhar com as pessoas, através das minhas palestras, das minhas mentorias e das atividades que organizo.

Sou um apaixonado pela Natureza e pelo Desporto, e quando não estou a fazer alguma Aventura ou a subir alguma Montanha, num lugar recôndito do nosso belo Planeta Azul, estou na minha quinta a tratar das minhas árvores, a escrever, ou a correr com os meus cães pelos trilhos que rodeiam a minha casa.

A minha missão é inspirar as pessoas a Superarem-se, a seguirem os seus Sonhos, para terem vidas mais Alegres, mais Saudáveis, mais Tranquilas e mais Corajosas!

Mais do que um desafio desportivo, subir a uma Montanha é sempre uma grande Aventura pessoal!

CONTACTOS

Se queres a minha ajuda para te Superares vai a www.mountainlover.pt

Lá encontrarás todas as minhas propostas.

As palestras que realizo para Escolas, Clubes e Empresas.

As mentorias que ajudam as pessoas a realizarem os seus Sonhos, e a terem vidas mais Alegres, mais Saudáveis, mais Tranquilas, mais Corajosas.

Os Desafios Mountainlover, que tornam possível a qualquer pessoa, viver a experiência magnífica e transformadora de subir uma Montanha!

Gostava muito de saber a tua opinião ou comentário sobre o livro para: info@mountainlover.pt

Se quiseres saber mais de mim, podes seguir-me aqui:

- Facebook - @FernandoFerreiraMountainLover

- Linkedin – fernandoferreiramountainlover

- Instagram – fernandoferreira.mountainlover

- YouTube - Mountainlover

Printed in Great Britain
by Amazon